だれもが知ってる小さな国

有川　浩

講談社

絵：村上勉

もくじ

第一章　はち渡《わた》り……7
第二章　シナノキの夏……57
第三章　新しい友だち……123
第四章　騒《さわ》がしい夏……173
第五章　ありがとう……229
有川浩さんへの手紙
――佐藤さとる……286

だれもが知ってる小さな国

第一章　はち渡《わた》り

二十年近い前のことだから、もう昔といっていいかもしれない。

ぼくはまだ小学校の三年生だった（こう語り出しただけで、ぼくが何の話をするか分かる人もいるかもしれないが、それはまだ胸《むね》にしまっておいてほしい）。

ぼくの家は「はち屋」だ。

「はち屋」というのは、むつかしい言葉でいうと養蜂《ようほう》家。

蜂《はち》を養う——つまり、みつばちをたくさん飼《か》って、はちみつをとるはちみつ屋だ。もっとも、みつばちの集めてくれたはちみつを売って暮《く》らしているのだから、ぼくたちのほうがみつばちに養われているというのが正解《せいかい》かもしれない。

でも、みつばちもはち屋が世話してやらないと生きてはいけない。特に、ぼくのうちで飼っている西洋みつばちは、もう野生《やせい》では生きていけない種になってしまっている。だから、やっぱりぼくたちがみつばちを養っているのかもしれない。

みつばちは、新しい女王ばちが生まれると、古い巣を捨《す》てて新しい巣を作り、世代交替《こうたい》する。これを巣別《すわか》れというが、西洋みつばちは人間が世話してやらないと、巣別れをうまくすることができない。

それから、冬越《ふゆご》しもだ。寒くなってはちみつがとれるほど花が咲《さ》かなくなると、西洋みつばちは飢《う》えて死んでしまう。その間は、人間がさとう水や花粉をやって、みつばちが飢えないように、お世話をしてやらなくてはならない。

養われているのは、みつばちか、人間か。これは、卵《たまご》が先か、にわとりが先か、という問題になかなか結論《けつろん》が出ないように、むつかしい問題だ。

「まるで、しっぽを追いかけて輪っかになっちゃったヘビみたいだね」

ぼくがそう言うと、お父さんが恐《こわ》い顔でぼくをにらんだ。

「ごはんのときにヘビの話なんかするな、ヒコ」

ヒコというのがぼくの名前だ。漢字は比古《ひこ》。変な名前なので、なんでこんな名前をつけたのか、お父さんにきいたことがある。お父さんはそのときもやっぱり恐い顔をして「気に入らないのか」とぼくをにらんだ。

だって変な名前だし、とぼくはもごもご呟《つぶや》いた。実際《じっさい》、学校でも「変な名前」とからかわれることはしょっちゅうだったのだが、お父さんはますます不機嫌《ふきげん》な顔になってむっつり押《お》し黙《だま》ってしまった。

お母さんが「ヒコが自分の名前を気に入ってないのかなと思って、寂《さび》しくなっちゃったのよ。ヒコの名前はお父さんがつけたから」ととりなしてくれたが、ぼくはしょんぼりしてしまった。

いつも恐い顔をしていて、あまり笑わないお父さんは、むっつりすると相当恐い。

ヘビのたとえはけっこううまいことを言ったつもりだったので、ぼくはそのときもしょんぼりしてしまった。

「ごめんなさい」

ぼくが謝《あやま》ると、お父さんは怒《おこ》ったままの顔で「別に怒ったわけじゃない」と言った。

「だって怒ってるじゃないか」

「怒ってない」

怒ってない、と言いながらお父さんの顔はますます恐くなった。

「お父さんは怒ったんじゃなくて、恐いのよ」

そう口をはさんだのは、藍色《あいいろ》の鉢《はち》に盛《も》った肉じゃがを運んできたお母さんだ。

「恐いって何が？」

やめろよ、とお父さんが一際《ひときわ》恐い声を出したが、お母さんはまったく気にとめない。

「ヘビよ。お父さん、ヘビが大きらいなの」

「うっそだぁ」

ぼくは思わず大きな声を出した。

みつばちの巣箱を置くのは、山の中や森の中だ。ヘビだって、もちろんたくさん出る。でも、ぼくは、お父さんがヘビにおびえてきゃあっと言っているところなんて、見たことがない。軍手をはめた手でぱっとつかんで、遠くへ放り投げてしまう。

「いつも平気でつかんでるじゃないか」

「きらいだからさっさと遠くへご退場《たいじょう》ねがうのよ」

おい、とお父さんが恐い声を出したが、お母さんにお父さんの恐い声は通用しない。

「それに、お父さんがつかめるのは、頭の丸いヘビだけよ」

ヘビには頭が丸いヘビと、三角形のヘビがいる。アオダイショウやシマヘビは頭が丸いヘビ、マムシやハブは頭が三角のヘビ。頭が三角のヘビには毒があるから近寄《ちかよ》るな、とはち屋の子供《こども》はきびしくしつけられている。

例外として頭が丸いヤマカガシにも毒があるが、こいつは奥歯《おくば》にしか毒がないし、おくびょうなヘビなので、こちらから下手なちょっかいを出さないかぎり安全だ。出会いがしらにがっぷり噛《か》まれることは、まずない。

対して、頭が三角のヘビはそうはいかない。特に、丸くとぐろを巻《ま》いているところに出会うと要注意だ。

ヘビは、体が長く伸《の》びているところに出会っても、たいして恐くない。けど、とぐろを巻いているのは準備完了《じゅんびかんりょう》、戦闘態勢《せんとうたいせい》のしるしなのだ。うっかり近づこうものなら、ぐるぐる巻いた長い筋肉《きんにく》のばねを一気にほどいて、飛びかかってくる。まるで、ちぢめたばねが弾《はじ》けるように。手足がないヘビは、長い体を巻いてばねにするのが、一番遠くまで飛べる方法なのだ。

「お母さんは、頭が丸いヘビなんて恐くないから、お父さんみたいに乱暴《らんぼう》に放り投げたりしないけどね。伸びてるヘビなら、すぐにしゅるしゅるっと走って逃《に》げちゃうし」

「伸びてても巻いてても、ヘビなんか近くにいないほうがいいに決まってる」

ぴしゃりとそう言って、お父さんは肉じゃがに、おはしを伸ばした。——その腕《うで》に、ちょっと鳥肌《とりはだ》が立っていることに、ぼくは気がついた。

お父さんって、本当にヘビがきらいなんだ——いつも、あんなにむんずと、ヘビの首根っこをつかんでいるのに。そう思うと、ぼくは急におかしくなった。

山の中で、はちの作業をするときは、はちに刺《さ》されないように長そでのつなぎを着る。だから、お父さんの腕は、長そでの中に隠《かく》れている。

だけど、ヘビをむんずとつかんだ腕には、今とは比《くら》べ物《もの》にならないくらい鳥肌が立っているにちがいない。

もうすぐ梅雨《つゆ》が明ける小学校三年生の一学期。

ぼくは、お父さんが恐いときも怒った顔になる人だということを知った。


「明日は山だぞ」

お父さんにそう言われるのは、決まって晴れが続いた週の土曜日だ。

山だぞ、というのはイコール、はちの作業をしに行くということだ。

「ええ〜……」

むだな抵抗《ていこう》だと知りつつ、ぼくはいつもしぶった声を出す。

「家で留守番《るすばん》してるよ」

「子供が一人で留守番なんてだめだ。明日はお母さんも山なんだから」

いつもは、山ではちの作業をするのはお父さんだけだ。お母さんは家にいて、ごはんを作ったり、掃除《そうじ》をしたり、洗濯《せんたく》をしたりしながら、はちみつの仕事をする。業者さんにはちみつを出荷《しゅっか》したり、家に直接《ちょくせつ》買いにくる人にはちみつを売ったり、帳簿《ちょうぼ》をつけたり……そんな合間に、学校から帰ってきたぼくが、おやつを要求したりするので、毎日なかなかいそがしい。

そんなお母さんが山に行くのは、山ではちの作業がたくさんあるとき。お父さん一人では間に合わないくらい、はちみつがたくさん採《と》れるときだ。

みつばちは、晴れるとよく働く。山じゅうを飛び回って花を探《さが》し、せっせと花のみつを集めて巣箱に貯《た》め込《こ》む。巣箱ではまた別のはちたちが羽ばたきでみつの水分を蒸発《じょうはつ》させ、とろっとした金色のはちみつにする。

お父さんも、毎日せっせと巣箱からはちみつを集めるけれど、それでも間に合わないくらい、みつばちは働きものなのだ。

「でも、今週は雨が一日あったから、そんなにはちみつ貯まってないかもしれないよ。お父さんだけで大丈夫《だいじょうぶ》かも……」

「そんなわけないでしょ」

畳《たた》んだ洗濯物を抱《かか》えてやってきたお母さんが、こつんとぼくの頭をぶった。

「アカシアの花が盛《さか》りなんだから。巣箱、はちみつでタプタプよ」

みつばちがみつを集める花は季節によって変わる。

そのときは、アカシアの花だった。場所は東北の小さな村。

花の盛りが来ると、花の終わりも近い。ぼくの気持ちはちょっぴり沈《しず》んだ。

花が終わると、ぼくにはさよならが待っている。はち屋は、花の盛りを追って南から旅を始め、北へ北へと移《うつ》り住《す》んでいく。

東北でアカシアが終わったら、次は、北海道《ほっかいどう》のクローバーやシナノキを追って、海を渡る。

当然、学校の友達とも、お別れだ。はち屋の家と作業場は、いつも同じところを借りるので、毎年、同じ学校に転入するけど、前の友達と同じクラスになれるとは限《かぎ》らない。転校するたびにクラスになじむのはやり直しだ。

それが、一年に五回。はち屋の子供は、なかなかタフネスなのだ。

「お弁当《べんとう》、ヒコのおにぎりはタラコだけにしてあげるから」

「一個《こ》おかかにして」

お母さんの作るおにぎりは、ぼくは三つでおなかいっぱい。お母さんも三つ、お父さんは五つでいっぱいだ。

翌日《よくじつ》の日曜日はからりと晴れた。

ぼくたちは、お父さんの運転するバンに乗って、みつばちの山に向かった。

みつばちの山というのは、持ち主に頼《たの》んで、みつばちの巣箱を置かせてもらっている山のことだ。はち屋はそういう山をあちこちにたくさん持っている。

その日の山は、白いアカシアの花が、たくさん咲いている山だった。はち屋はみんなアカシアと呼《よ》ぶけど、本当の名前はニセアカシアだ。ハリエンジュともいう。

外国から入ってきた木で、日本に広まるときに名前の混乱《こんらん》があったらしい。本当のアカシアはミモザのような黄色いふさふさした花をつける。

でも、アカシアというと、白いアカシアの花を想像《そうぞう》する人はたくさんいるし、特に、はち屋が言うアカシアは、すべて必ずニセアカシアだと思ってまちがいない。

姿《すがた》は同じマメ科の藤《ふじ》によく似《に》ている。房《ふさ》になって垂《た》れ下《さ》がる花も。ただ、藤より幹《みき》がどっしりしていて、花も大きくて分厚《ぶあつ》い。

この分厚い花がみつをたくさん持っていて、みつばちにとっては大ごちそうの木だ。専門《せんもん》的な言葉で「蜜源《みつげん》植物」という。

アカシアのはちみつは、上品でくせがなく、固まりにくいので人気がある。同じくくせのないレンゲのはちみつと並《なら》んで、うちの二大人気商品だ。

木々が三角屋根のように重なる山道をとことこ走って、やがてバンはくねくね細い道に入った。

その道の突《つ》き当《あ》たりの草地が目的地だ。

生《お》い茂《しげ》った木々の屋根がかぶさって、日陰《ひかげ》になった地面に、四角い木箱が整列している。この場所は全部で二十個。

お父さんは車をとめると、さっさと車を降《お》りてしまった。

そして車の後ろに回り、トランクをガチャンと開ける。

「待って、まだ帽子《ぼうし》かぶってないよ！」

バンは、トランクを開けると、座席《ざせき》と筒抜《つつぬ》けだ。外からみつばちが入ってきてしまう。

ぼくは、あわててはちよけのネットをぬいつけてある布《ぬの》帽子をかぶった。胸まであるネットを下ろしてしまえば、みつばちは顔の周りに入ってこられない。

服は長そでの白いつなぎ、足下《あしもと》は長ぐつ、手には分厚い特製《とくせい》のゴム手袋《てぶくろ》。これで、はちの作業のときの防御《ぼうぎょ》は完成だ。

「大げさねぇ、ヒコは」

お母さんはけらけら笑うが、こんなに完全防御していても、油断《ゆだん》するとみつばちの鋭《するど》い針《はり》は、防具《ぼうぐ》をつらぬいてくる。

ぼくなんか、分厚い特製ゴム手の上から、手のひらをチクリと刺されたことがある。

そして、みつばちの針はとっても痛《いた》い。かぎ型に曲がっていて抜《ぬ》けにくく、根元にくっついた毒の袋《ふくろ》から痛い毒を流《なが》し込《こ》みつづける。

恥《は》ずかしいけど、小学校三年生にもなって、泣いてしまうほど痛いのだ。

ぼくがわんわん泣いてしまうのに、お父さんは刺されてもへっちゃらだ。顔色ひとつ変えずにサッと針を抜いてしまう。

お父さんの手はグローブみたいに皮が厚《あつ》くて、みつばちの鋭い針も通らないのだ。まあ、ほかの場所を刺されてもお父さんはびくともしないのだけど。

お母さんだと、「いたッ」と小さく悲鳴を上げる。

車を降りると、みつばちの羽音が、うわーんと耳の中を満たした。働きもののみつばちたちが、活発に働いていているしるしだ。

お父さんは、はちみつを集める道具を、トランクからわしわしと運び出した。ぼくも、小さい道具を詰《つ》めたバケツを持つ。

一応《いちおう》、お手伝いしましたよというアリバイ作りだ。でないと、巣箱からはちみつをとる作業も、手伝わされてしまう。巣箱の中には痛い針を持ったみつばちが、もちゃもちゃにひしめきあっているのだ。

道具運びが終わると、ぼくは草地のすみっこに逃げた。みつばちは巣箱の出入りに夢中《むちゅう》なので、少し離《はな》れるとそんなには飛んでいない。

「ねえ、お父さん。車の中にいてもいい?」

恐《おそ》る恐《おそ》る、おうかがいを立てると、お父さんは、むすっとした顔でこっちを見た。お母さんは、

「まったくもう」と言いたそうな苦笑いだ。

「ヒコは恐がりなんだから」

「だって刺されたら痛いもん」

「はち屋の子供がみつばち恐がっててどうするの」

「お母さんだって刺されたらキャッて言うくせに」

「刺されたら痛いけど、お母さんはみつばちのこと恐くないわよ」

言い合いをするぼくとお母さんを、しばらく見つめていたお父さんは、ふいっと顔をそらした。

「一箱くらいは手伝いなさい」

ぼくは、ちぇっとくちびるをとがらせた。もっと小さかったころは、免除《めんじょ》してもらえることも多かったのだけど、小学校に入ってからは、あんまり許《ゆる》してもらえなくなっていた。

「はい、ヒコ」

お母さんがにっこり笑って、ぼくに燻煙器《くんえんき》を差し出した。大きなステンレスのしょうゆ差しに、アコーディオンみたいな布の蛇腹《じゃばら》が合体した道具だ。お父さんの手が持つとしっくり収《おさ》まるけど、ぼくが持つと、少々手に余《あま》る。

しょうゆ差しの口からは、白い煙《けむり》がもくもくもれている。中で火を焚《た》いているのだ。しょうゆ差しの胴体《どうたい》の中に、杉《すぎ》の葉っぱを詰めてくすぶらせ、蛇腹を押《お》すと、中にたまった煙が、しょうゆ差しの口から押《お》し出《だ》される。

この煙を吹《ふ》きかけると、みつばちはおとなしくなって動きが鈍《にぶ》くなるのだ。白い煙が出るなら火種は何でもかまわないのだが、うちは本州では緑色の杉の葉っぱ。杉はどこの山にでもあって、くすぶった火が長持ちするからだ。北海道に渡ると杉の木が減《へ》るので、麻袋《あさぶくろ》の切れはしを使う。じゃがいもやそばを運ぶための麻袋は、手軽に手に入るし、火が長持ちする良《い》い火種だ。

くすぶる、は漢字で「燻《くすぶ》る」と書く。キカイには「機械」と書くものと「器械」と書くものがあるが、エンジンやモーターなどの動力がついているものは機械で、動力がついていなくて人の手で動かすものが器械。燻煙器は、はち屋がいっしょうけんめい手でシュカシュカ動かすから、もちろん「器械」だ。

燻った煙を出す器械だから、燻煙器。

採蜜《さいみつ》と呼ばれる、はちみつをとる作業は、この燻煙器がないと、お手上げだ。煙でおとなしくさせないと、みつばちは巣箱をガタガタ騒《さわ》がす人間に怒って、襲《おそ》いかかってくる。

「ほら、ヒコ。開けるわよ」

お母さんが、巣箱のふたに手をかけた。上からかぽっと被《かぶ》せるふたがついている巣箱は、中にみつばちが巣を作る土台になる巣枠《すわく》が八枚《まい》入っている。

ぼくは、巣枠の詰まった巣箱に、むきになって煙を吹きかけた。

「そんなに煙をむだづかいしたら、煙がすぐなくなっちゃうわよ」

そんなことを言われても、みつばちが元気だったら刺されてしまうから、煙をケチるわけにはいかない。

ぼくが念入りに煙でいぶした巣箱から、お母さんが巣枠を一枚ずつ引《ひ》き抜《ぬ》いて巣箱の脇《わき》に立てかけていく。

巣枠は、長方形の外枠《そとわく》に、六角形の穴がみっしり並んでいる。新しくセッティングしたときは、空っぽだ。だけど、お母さんが引き抜いた巣枠は、六角形の穴のすべてがはちみつで満たされている。穴が足りなかったら、枠の周りにも六角形の巣を自分で増やす。

指ではじくとプラスチックみたいにパチンと固い巣は、全部みつばちが自分の体から分泌《ぶんぴつ》するみつろう（蜜蠟）でできている。蜜蜂（みつばち）の作る蠟（ろう）だから、蜜蠟《みつろう》だ。六角形の穴《あな》のひとつひとつに、みつろうのふたがかぶせられ、その中に、金色の宝石《ほうせき》のようなはちみつが詰まっているのだ。

一匹《ぴき》のみつばちが一生のうちに作れるはちみつは、ティースプーン一杯《ぱい》分。六角形の穴、三つか四つ分だろうか。

人間にとっては、ほんの一なめ。みつばちにとっては、一生。何だか、途方《とほう》もない話だ。

巣枠は、みつばちを巣箱の中に振《ふ》り落《お》としながら引き抜くが、それでも巣の両面には、仕事中だったみつばちが、もちゃもちゃにくっついている。はちみつをとるためには、みつばちたちにどいてもらわなくてはならない。

どいてもらうために使うのが、巣枠の短辺に長さを合わせた、はちブラシだ。植え付けられた馬毛《うまげ》は、みつばちが怪我《けが》をしない絶妙《ぜつみょう》なコシがあり、このブラシで巣の両面をひとなでして、緑の草の上にみつばちをはらい落としていく。

「ヒコ、もっと優《やさ》しくしてあげて」

ぼくは、さっさと作業を終わらせたくて、ついぱっぱと乱暴にみつばちをはらってしまうので、いつもお母さんに注意される。

お母さんは、ぼくよりすばやくみつばちをはらい落とすのに、ブラシの動きはぼくより優しい。お父さんは家族で一番早いのに、もっと優しい。ぼくとお母さんが巣箱をひとつ開けたころには、お父さんは三つか四つ開けている。（お母さんも、一人で作業したらもっと早いのだけど）

みつばちをはらい落としたら、その次は、はちみつの詰まった巣穴《すあな》のひとつひとつをふさいであるふたを開ける。はちみつのふただからか、みつろうで作られたふただからか、このふたは、蜜ぶたと呼ばれる。

蜜ぶたは、蜜刀（みつとう）というナイフで切り開ける。これもブラシと同じく、巣枠の短辺に長さを合わせてあり、うまい人がやると、巣の表面を一回すべらせただけで、蜜ぶたをきれいに切り開けられる。

この作業は、「ヒコにはまだ危《あぶ》ないから」と全部お母さんがやってくれる。

お父さんは「おれはヒコの年にはもうやってたぞ」と言うが、お母さんは「だって、怪我《けが》でもしたらたいへんじゃない」と、ここはちょっと過保護《かほご》だ。本当のことを言うと、漫画《まんが》やアニメで出てくるような長いナイフがかっこいいので、ぼくとしてはちょっぴりやってみたい作業だった。

でも、動きが鈍くなったとはいえ、みつばちがたくさん飛び回っている場所に長居《ながい》したくないので、すなおにお母さんに任《まか》せる。ぼくの小さい手では、長いナイフを持《も》て余《あま》すし、お母さんがやったほうが絶対《ぜったい》早い。

お母さんが、スッ、スッと巣枠の両面にナイフをすべらせ、蜜ぶたをあざやかに切り開ける。ふたの開いた口から、こはくのようなしっとりした輝《かがや》きがあふれだす。金色のはちみつが放つ、コクのある光だ。

八枚の巣枠の蜜ぶたを全部切り開けたら、次は採蜜器《さいみつき》の登場だ。うちで使っているのは水色のポリバケツのような器械で、中に巣枠を二枚セッティングできる金具がついている。

金具に巣枠をはめ込《こ》んで、レバーを回すと巣枠がぐるぐる回転し、遠心力ではちみつをしぼり出す仕組みだ。

巣からしぼり出されたはちみつは容器《ようき》の中に溜《た》まり、底の蛇口《じゃぐち》から一斗缶《いっとかん》に移《うつ》しかえる。空の一斗缶ならぼくにも軽々と持てるけど、はちみつで満杯《まんぱい》になった一斗缶を持てるのは、お父さんだけだ。

はちみつをとり終わった巣枠は、また巣箱の中に戻《もど》してやる。働きもののみつばちたちは、空になった巣枠に、またせっせとはちみつを貯めていく。

はちみつをとられたみつばちは困《こま》らないのかって？　心配ご無用。元々、みつばちは自分たちに必要な量よりはるかに多いはちみつを作って、どんどん貯め込む習性《しゅうせい》があるのだ。

巣枠に残った絞《しぼ》りきれなかったはちみつや、周囲にこぼれたはちみつで当面は足りるし、またせっせと働いて、自分たちで使いきれないほど、はちみつを増《ふ》やしてくれる。花が少ない時期は、人間からもさとう水を差し入れてやる。

一箱分、八枚の巣枠を全部しぼり終わった。

「ねえ、もう車に戻っていい？」

「お父さんにきいてごらん」

お母さんはいじわるだ。お父さんにきいて、もし「もう一箱手伝え」って言われたらどうしてくれるつもりなんだろう。

でも、仕方ない。ぼくはしぶしぶお父さんにきいた。

「お父さん、一箱終わったよ」

次から次から蜜ぶたを切り開けていたお父さんが、顔を上げてこちらのほうを見た。やっぱりむすっとした顔をしている。お手伝いをいやがっているから、怒っているんだろうな……

でも、

「分かった。車に戻ってなさい」

何とかＯＫが出た。ぼくは喜び勇んで、巣箱の置いてある草地を離れた。できるだけみつばちの少ない、草地のはしっこギリギリを歩いて、車をとめた道へ向かう。

そのときだった。


トマレ！


鋭い声が、耳のこまくを打った。

えっ、とぼくは思わず足を止めた。トマレ、と言われたから、わけも分からず従《したが》った。

すると、シャカシャカと鳴る細かい音が、地面からじわじわ広がってきた。

見ると、ぼくが正に足を踏《ふ》み出《だ》そうとしていた地面の上に、どす黒い縄《なわ》がとぐろを巻いていた。

縄の先には、獰猛《どうもう》そうな三角の頭――

一気に全身が寒くなった。マムシだ。

シャカシャカいうのは、怒っているときにシッポで地面を叩《たた》く威嚇《いかく》音。とぐろも巻いて、跳《と》ぶ準備はできている。

ぼくは、凍《こお》りついたように、その場を動けなくなった。

マムシに出くわしたときは、マムシを刺激《しげき》しないようにじりじりと後ろに下がって、マムシが飛んでも届《とど》かないくらい離れてから、走って逃げる。それは小さい頃《ころ》から教《おし》え込《こ》まれていたけど、いざとなったら足がすくんで一歩も動けない。

マムシに指を噛まれた親戚《しんせき》のおじさんの話が、頭の中をぐるぐる回った。血清が間に合わず、毒の回った指が腐《くさ》ってしまって、左の人差し指と中指を切り落とすことになってしまったのだ。

と、ぼくの脇から、白い固まりが、ぶわっと風を巻いて駆《か》けつけた。

白いつなぎのお父さんだ。

お父さんは、マムシとぼくの間に割《わ》って入りながら、ゴム長を履《は》いた足を巻いたとぐろの上に踏《ふ》み下ろした。マムシがとぐろのばねをほどいて飛びかかる暇《ひま》もないほどの早技《はやわざ》だった。

ゴム長のかかとは正確《せいかく》にマムシの頭を踏みつけていたが、お父さんはそれで油断せず、蜜刀でマムシの頭を叩《たた》き切《き》った。

まだ生きている体が、びゅるびゅるのたうつ。——が、それもやがて静かになった。

お父さんが、マムシの頭と胴体を、ぽんと草むらに蹴飛《けと》ばす。

「お母さんに、車に連れていってもらいなさい」

お母さんが「たいへん、たいへん！」と駆《か》け寄《よ》ってきた。

「よかったわ、噛まれなくて！」

はち屋にとってはその程度《ていど》のことだけど、お母さんはぼくをぎゅっと抱《だ》きしめてくれた。ぼくはほっとして、ぽろぽろっと涙《なみだ》をこぼしてしまった。

お母さんが、ますますぎゅっとしてくれる。

「蜜刀を洗《あら》ってくる」

お父さんがそう言って、小川のあるほうへ歩いていった。

「予備《よび》の蜜刀、車から持ってくるわね」

お母さんが、お父さんの背中《せなか》に声をかける。マムシを切った蜜刀は、石けんで洗わなくては、そのまま作業はできない。でも、小川で石けんは使えない。

お父さんは振《ふ》り向《む》かずに、手だけ上げて返事をした。

お母さんは、周囲の草むらを注意しながら、ぼくを車まで連れていってくれた。

「えらかったわね、ヒコ。マムシに会ったときは、急に走って逃げたらいけないっていうのを、ちゃんと覚えてて」

「お父さんが、トマレって言ったから」

「お父さんが?」

ぼくがうっかりマムシを踏んづけてしまう直前、こまくを打った鋭い声。あれは、お父さんの声だったにちがいない。

だって、その声の直後にお父さんが現《あらわ》れて、マムシを退治《たいじ》したのだから。

だけど、お母さんは「おかしいわねぇ」と首を傾《かし》げた。

「お父さん、何も言ってなかったけど」

「そうなの?」

「そうよ。急に巣枠を放りだして、黙《だま》ってヒコのほうへ走っていったのよ」

「お母さんが聞いてなかっただけじゃないの?」

「失礼ねえ――……」

と、むきになりかけていたお母さんが、ふっとほほえんだ。

「そうね。とにかく、お父さんだとしても、お父さんじゃないとしても、その声がヒコを守ってくれたことには、変わりないわ」

そして、お母さんはぼくの肩《かた》をしっかり抱いた。

「ヒコは、みんなに守られているのよ」

車に戻るまでの道には、もうマムシはいなかった。

ぼくが座席に乗ると、お母さんは予備の蜜刀を持って、草地に戻っていった。

暇つぶしに持ってきておいたマンガの本を読もうとしたが、なかなかページは進まなかった。


トマレ！


鋭く止めた声と、ぶわっと風を巻いて現れたお父さんの姿が、交互《こうご》に何度もよみがえった。

断固《だんこ》として、獰猛《どうもう》なとぐろを踏《ふ》み抜《ぬ》き、マムシの首を叩き切ったお父さんは、恐いものなんて何もない勇者のようだ。

だけど、ぼくは、ごはんのときにヘビの話が出ただけで、気持ちが悪くなってしまうお父さんを知っている。

きっと今ごろ、小川で蜜刀を洗いながら、全身に鳥肌が立っている。

それでも、お父さんは、ぼくを助けに来てくれたのだ。

お父さんは、絶対にぼくを守ってくれる。そして、お母さんも。

お父さんか、お父さんじゃないか分からない、ふしぎな声も。

働きもののみつばちたちは、上等なアカシアのはちみつを一斗缶に三つ分もたくわえてくれていた。

きれいに濾過《ろか》して、容器に詰めて、やがてお客さんのところに届く。

その日の晩《ばん》ごはんは、うな丼《どん》だった。

お母さんが「今日は疲《つか》れたから、精《せい》のつくものを食べようね」と、帰り道のスーパーで買ったのだが、お父さんはちょっとげんなりした顔をしていた。

ぼくも、いくら簡単《かんたん》だからって、長い物を退治したその日の晩に、長い物を出すお母さんは、デリカシーが少し足りないと思う。(うなぎは、あぶってごはんに乗せるだけで、あとは汁物《しるもの》を作ればいいくらいだから、お母さんとしては楽なのだ)

だけど、「あら、安いわ」とうなぎのかば焼きを買うお母さんを、お父さんは「えっ……」と言っただけで止めなかった。お父さんは、いつでもお母さんが楽なほうが優先《ゆうせん》なのだ。

顔は恐いけど、お父さんは、いろいろと優しい。

はち屋の子供はタフネスだけど、ぼくは幸せな子供だ。お父さんの愛のあかしのうなぎを食べながら、ぼくはそう思った。

やがて、東北のその村で、アカシアの花が終わった。

花を追って、次に向かうのは、北海道だ。

ぼくは、学校で転校の挨拶《あいさつ》をした。毎年のことなので、お別れ会もたいへん儀礼《ぎれい》的で、仲良くしていた子と「また同じクラスになれたらいいね」と、なごりを惜《お》しむくらいだ。

お父さんとお母さんは、地元のはち屋の仲間に手伝ってもらって、みつばちの引っこし準備に大わらわだ。

みつばちの引っこしは、命がけだ。

夕方、みつばちが巣箱に帰ってきたところで、出入り口を閉《し》めて閉《と》じ込《こ》める。このとき、間に合わなかったみつばちは、かわいそうだけど置いてけぼり。捨てばちということになる。字は、捨て鉢《ばち》ではなく、捨て蜂。みつばちは、人の手を離れて長くは生きていけないので、そのうちに弱って死んでしまう運命だ。

だから、はち屋は移動《いどう》の日が雨だと「天気がいい」と言って喜ぶ。雨の日や、気温の低い日は、みつばちが活発に活動しない。だから、明るいうちに巣箱を閉めて、てきぱき移動できる。

そして、トラックに巣箱を積《つ》み込《こ》み、巣箱の間には三〇kgもある氷のかたまりを置いていく。

これは、蒸殺《じょうさつ》を防《ふせ》ぐため。蒸し殺す（むしころす）と書いて、蒸殺だ。

移動で巣箱が揺《ゆ》られると、みつばちは興奮《こうふん》して騒ぎ、体から熱を発する。閉《と》じた巣箱の中に、みつばちの熱が充満《じゅうまん》し、それが長時間にわたると、やがて自分の熱で蒸されて死んでしまうのだ。

それを防ぐための氷だが、とにかく移動は迅速《じんそく》に、迅速に、迅速に、神速《しんそく》で。

狭《せま》い空間に閉じ込められて、わけも分からず長時間揺られることは、みつばちにとって大きなストレスだ。

迅速・神速が身上《しんじょう》のみつばちの引っこしを、「はち渡り」という。

この厳《きび》しいはち渡りで、手持ちのみつばちを全滅《ぜんめつ》させるはち屋も珍《めずら》しくない。はち屋の子供はタフネスだが、みつばちはもっともっとタフネスだ。はち渡りのたびに、命をかける。ぼくも、転校くらいでぶつぶつ言ってはいられない。転校はさびしいが、命までかけるわけではないのだから。

青森港まで、お父さんは雇《やと》いの運転手さんと運転を交替しながら、不眠《ふみん》不休でひた走る。人間が休憩《きゅうけい》を取ったら、その分みつばちが蒸し殺されてしまう危険《きけん》が増える。

安心して休めるのは、フェリーに乗っている間だけ。そして、フェリーを降りたら、またひた走る。ぼくとお母さんは、電車で向かう。

一昼夜をかけて、お父さんが北海道の蜂場（ほうじょう）へたどりつくと、はち屋の仲間たちが待っている。蜂場というのは、みつばちの巣箱を置く場所だ。はち屋のなわばりは、きちんと決まっているので、取り合いになることはないし、人手の足りないはち屋同士で協力もする。

はち屋仲間《なかま》の手《て》を借りて、次々と巣箱を下ろし、出入り口を開けていく。

その年も、うちのみつばちはがんばってくれた。巣箱の出入り口を開けると、多少へろへろになっていたが、みつばちがはい出てきた。そして、へろーんと飛び立つ。

やがて、二匹、三匹とへろへろ続く。

心の底からほっとする瞬間《しゅんかん》だ。

そして、北海道で過《す》ごす夏がやってきた。もっとも、はち屋の子供であるぼくは、北海道以外の夏は大人になるまで知らずじまいなのだが。

北海道で転入する学校も、いつも同じ。

生徒の数が少なくて、一学年に一クラスしかないので、クラスメイトの顔も毎年いっしょだ。男女合わせて、二十人くらい。

ぼくは、梅雨《つゆ》明《あ》けにやってきて、夏休みが明ける前に去っていく、夏限定《げんてい》の生徒ということになる。毎年、同じ巣に戻ってくるツバメみたいなものかもしれない。転入の挨拶も、お決まりの儀式《ぎしき》のようなもので、「はい、ヒコくんが今年も戻ってきました」とあっさり簡単に片《かた》づけられてしまう。

だが、その年は少しちがった。

ぼくのほかにも、転校生がいたのだ。

転入する朝、職員《しょくいん》室へ行くと、担任《たんにん》の先生のところに、白いワンピースを着た女の子がいた。さらさらで真っ黒の、長い髪《かみ》。初めて見る顔だ。

女の子は、ぼくを見て、ちょっと頭をかしげるように会釈《えしゃく》をした。

すると、ぼくに背中を向けていた担任の女の先生が、「ヒコくん」とぼくに気づいた。

「やあ、今年も帰ってきたね」

ぼくたちと同じくらいの年の孫がいるこの先生は、少し男っぽいしゃべり方をする。だから、ぼくたちはこの先生をマサ先生と呼んでいた。マサというのは、男勝《おとこまさ》りのマサだ。

マサ先生は、ぼくにその子を紹介《しょうかい》してくれた。

「この子も今日、ヒコくんといっしょに転入するんだよ。名前はヒメちゃん」

お姫《ひめ》さまの姫かな、と思ったが、マサ先生は「ヒコくんと同じ字を書くんだよ」と言った。

「ヒコくんは、比《くら》べるに、古いと書いて、比古だろう。ヒメちゃんは、比べるに、売ると書いて、比売なんだ」

お互《たが》い、初対面の人には、なかなか一発では読んでもらえなさそうな名前だ。それに、何だか古くさい響《ひび》きも似ている。

だけど——

「古いと売るだから、字がちがうよ」

ぼくがそう言うと、マサ先生は笑った。

「うん。でも、おそろいなんだよ。古事記《こじき》や、日本書紀《にほんしょき》って知ってるかい？」

「こじきなら、分かるけど」

ぼくが思《おも》い浮《う》かべたのは、乞食《こじき》。いわゆる、ホームレス的な人のほうだ。

マサ先生は、「ちがうちがう」と笑った。

「日本の歴史書ですよね」

口を開いたのは、ヒメだ。マサ先生は、ちょっと驚《おどろ》いたように目をしばたたいた。

「よく知ってるね」

「お父さんとお母さんが、本好きだから」

マサ先生は、「そうか」とにっこり笑って、説明の相手をぼくに固定した。

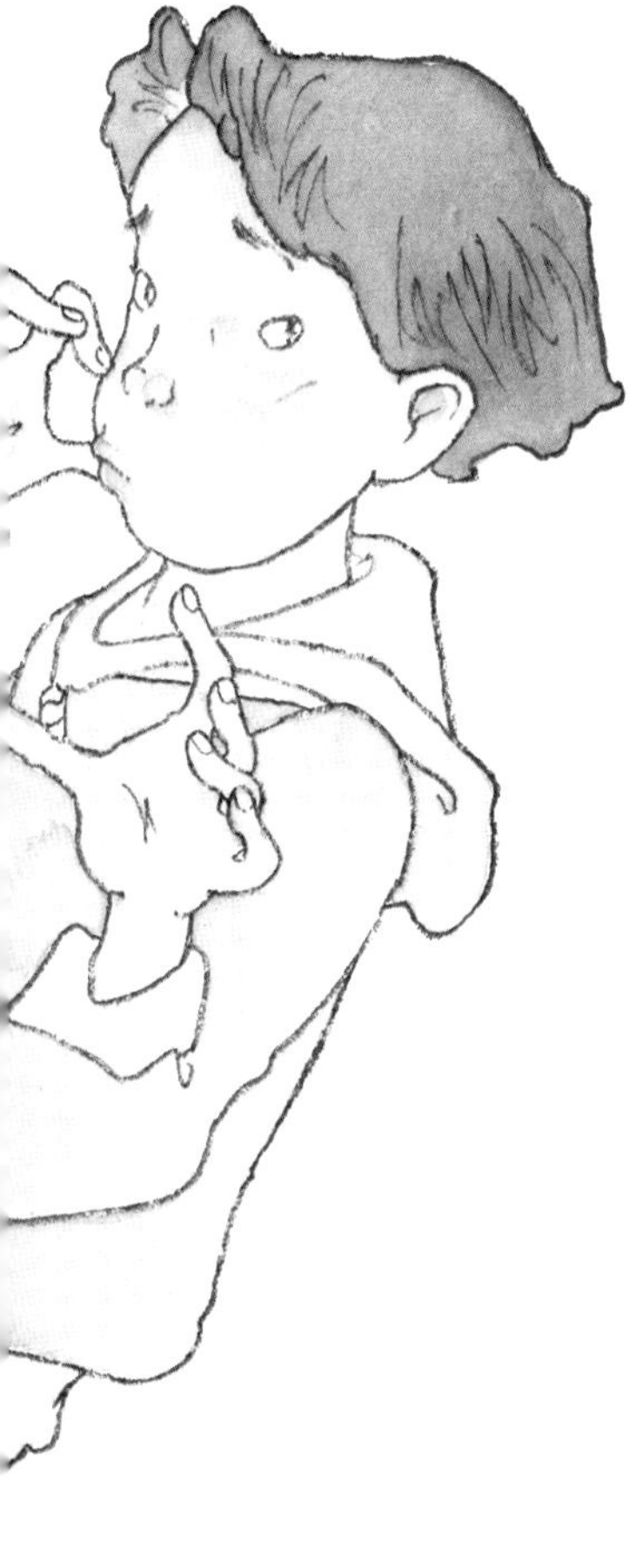

古事記も日本書紀も、日本の神話の時代から書かれた、古い歴史書なのだという。

「日本の神話では、男の神様は○○ノヒコ、女の神様は○○ノヒメと呼ばれることが多いんだ。イザナミノミコトやヤマトタケルノミコトのミコトとおんなじで、神様をうやまって呼ぶ呼び方なんだ」

「どうして、イザナミノミコトや、ヤマトタケルノミコトには、ヒコやヒメがつかないの？」

ヤマトタケルはむかしばなしの本で読んだことがある。たしか、男だったはずだ。

「それは、先生にもよく分からないよ。昔の人のフィーリングじゃないかなぁ」

「どうして、比古とか比売とか、変な漢字なの？」

「漢字の意味は関係なくて、音を重視《じゅうし》した当て字だよ。昔は、この字で、ヒコ、ヒメと呼ぶのがふつうだったんだ」

へえー、と言っているのはぼくだけで、転校生のヒメは、当たり前のことのように聞いている。何だか、ぼくだけが物知らずみたいで、ちょっと恥ずかしかった。

「ヒコくんのご両親も、ヒメちゃんのご両親も、きっと日本神話から名前をつけたんだね。神様にあやかった名前だよ」

ぼくは、比古という名前を変な名前だと言ったとき、むっつり黙ってしまったお父さんの顔を思い出した。

お父さんとしては、神様の呼《よ》び名《な》を借りて、精一杯《せいいっぱい》いい名前をつけたつもりだったのだろう。ちょっぴり、いや、かなり変な名前だけど、何しろ神様にあやかろうというのだから、ぼくへの愛情《あいじょう》は満ち満ちている。

それを、変な名前と片づけられて、きっと悲しかったんだろうな——と、今さらながら、少し申《もう》し訳《わけ》なくなった。

でも、神様にあやかった名前というのも、なかなかプレッシャーだ。いったい、どれだけ立派《りっぱ》な人になったら、お父さんの期待にこたえられるんだろう？

「それと、ヒコくんとヒメちゃんには、もうひとつ共通点があるんだよ」

何でも分かっているように先生の話を聞いていたヒメが、初めて「え？」という顔をした。

先生が、ヒメに向かって、にっこり笑った。

「ヒコくんのおうちも、はち屋なんだよ」

ヒメが、びっくりしたようにぼくを見つめた。ぱっちり開いた目は、まつげがとても長かった。まるで、お人形みたいにきれいな顔だった。

「ヒメちゃんのおうちは、おじいちゃんがはち屋さんだったんだけど、今年からお父さんが跡《あと》を継《つ》ぐために、いっしょに修業中《しゅぎょう》なんだってさ」

はち屋の家では、よくあることだ。若《わか》い頃は会社に勤《つと》めていて、ある程度してから、はち屋に戻って、修業をさせてもらう。

うちも代々はち屋だけど、お父さんは高校を卒業してから、すぐに跡を継いだ。お父さんは、子供の頃からはち屋の仕事をたくさん手伝っていて、高校を卒業する頃には、もう一人前に近いはち屋だったのだ。

でも、一回、外の世界を知るのもいいことなんだぞ。お父さんはそう言っていた。お父さんの場合は、おじいちゃんが早くに亡《な》くなったので、早く跡を継いで正解だったのだけど。

おじいちゃんは、ぼくがまだ赤ちゃんのころに亡くなった。おばあちゃんは、小学生になったころ。元気なうちは、旅にもずっとついてきてくれて、ぼくの面倒《めんどう》を見てくれていた。今は、福岡《ふくおか》の実家で、代々のお墓《はか》に二人で仲良く眠《ねむ》っている。

「ふたりとも、きっと仲良くなれるよ」

マサ先生がそう言って、ぼくたちの肩をばんばん叩いた。

その後の転校の挨拶は、みんな、一年ぶりのぼくなんて、そっちのけだった。男子も女子も、新顔のヒメに夢中。ヒメのお父さんは、はち屋を継ぐまで、東京の園芸の会社で働いていたので、女子はみんな都会の話を聞きたがった。

「芸能人《げいのうじん》とか、見たことある？」

「ないよ。わたしが住んでたの、東京のはしっこのほうだから、そんなに都会じゃなかったし。畑とかも、ふつうにあったよ」

「東京にも畑ってあるんだ？」

「あるよ。大根とか、じゃがいもとか植わってた」

「田んぼは？」

「田んぼは、さすがになかったかな。もっと山のほうだったら、あると思うけど」

「東京にも山があるの⁉」

「あるよ。はしっこのはしっこは、ここら辺よりずっといなかだよ」

芸能人の話や、流行のおしゃれの話は聞けなかったけど、東京にも畑があるという話で、女子は一気に親しみがわいたらしい。ヒメがクラスになじむのに、そんなに時間はかからなかった。

男子も、ヒメに興味《きょうみ》しんしんだった。女子のおしゃべりなんかくだらないや、というそぶりをしながら、ヒメの話を一言も聞きもらすまいと聞き耳を立てていた。

ヒメは、目がぱっちりしていて、お人形みたいな顔をしていて、都会から来たのに、全然それを鼻にかけない、いいやつだった。

しかも、ドッジボールや鬼《おに》ごっこみたいな、男子と女子がいっしょに遊ぶ遊びでも、ぼくたち男子に、全然、引けを取らない。

缶けりで、足のおそい女子を男子がどんどん牢屋《ろうや》につかまえても、猫《ねこ》のように忍《しの》び寄《よ》るヒメの逆転《ぎゃくてん》キックで、一気に解放《かいほう》されてしまう。

ガキ大将《だいしょう》の男子は、くやしがって、対戦はいつも長引いた。

だが、そのガキ大将が、ある日ぽつりと呟《つぶや》いた。

「あいつ、やるよな」

みんな、うんとうなずいた。

「よし。みんなで、ヒョウケイしよう」

ヒョウケイというのは、表敬《ひょうけい》。つまり、敬意《けいい》を表する。けっこうインテリなガキ大将が、どこからか覚えてきたばかりの言葉で、男子の間にはやっていた。

昼休み、ヒメたち女子がおしゃべりをしているところに、男子みんなで行って、ガキ大将が声をかけた。

「おい、ヒメ」

「なあに？」

ヒメがおしゃべりを中断《ちゅうだん》して、ぼくたちのほうを振り向いた。ぱっちりした目が、順番にぼくたちを見つめる。ぼくは、恥ずかしくて、ちょっと下を向いてしまった。でも、下を向いたのは、ぼくだけではなかった。

ガキ大将はさすがなもので、えへんとヒメを見返した。

「あんたたち、ヒメちゃんをいじめる気じゃないでしょうね」

女子がキャンキャンさわいだが、「そんなんじゃない、だまってろ」と、ガキ大将は男らしくやっつけた。

「ヒメ。おまえはけっこう、やるやつだ。おれたち男子は、おまえを表敬する。これからもよきライバルとして、正々堂々と戦おう」

あっ、ずるい。——と、男子みんなが思ったはずだ。ガキ大将は、口上とともに、ヒメに握手《あくしゅ》の手を差し出したのだ。

ヒメは、差し出されたガキ大将の手と、ガキ大将の顔を、交互に見た。そして、にっこり笑い、ガキ大将の手を取った。

「こちらこそ、よろしく。これからも、手加減《てかげん》しないわよ」

ぼくには断言《だんげん》できるが、ガキ大将は、頭のてっぺんからたましいが空へと打ち上がってしまうような気分だったにちがいなかった。どうして断言できるのかというと、ぼくもガキ大将と同じ気持ちを持っていたからだ。ぼくだけではなく、男子みんな、同じ気持ちだった。

ぼくたちはみんな、都会から来た、野育《のそだ》ちのお姫さまみたいなヒメに、あこがれていたのだ。ヒメと仲良くなりたかったのだ。

だけど、一人だけヒメと握手をしたのはずるい。ガキ大将は、その後、ちょっぴり男子の間で人望を落とした。

みんながヒメと仲良くなりたい中で、ぼくは勝手に何となく一歩リードしているような気分がしていた。

ヒメの家も、はち屋だからだ。マサ先生が、きっとふたりとも仲良くなれるよ、と言ったことも、勝手な余裕《よゆう》になっていた。

実際はといえば、ほかの男子とそんなに変わらないくらいしか、しゃべっていないのに。

そして、ある日、そんなおごりに、しっぺ返しを食らう日がきた。

昼休みに、男女対抗《たいこう》でドッジボールをした。ヒメは軽《かろ》やかにボールをよけて、最後の最後まで生き残っていた。

いつもは途中《とちゅう》で外野に退場してしまうぼくも、その日はしぶとく生き残っていた。

ぼくといっしょに生き残っていたガキ大将が、男子チームのパスをすばやくカットしたヒメに、当てられた。

ガキ大将はくやしがって、ひとり残ったぼくに命令した。

「いいか。絶対、当てろよ。男のコケンにかかわるからな」

インテリガキ大将が使っていた沽券（コケン）という言葉を、漢字で書けるようになったのは、ぼくは大人になってからだった。当時はみんな、男のプライドというような意味で使っていて、使い方はそんなにまちがっていなかったように思う。

ぼくとヒメと一対一だ。男子と女子から声援《せいえん》が飛《と》び交《か》い、まるで宿命のライバルみたい。気分は、いやがうえにも盛《も》り上《あ》がった。

互角《ごかく》の戦いが続いた。ヒメはぼくをねらい、ぼくはヒメをねらう。お互いが、お互いしか見ていない。

ヒメを討《う》ち取《と》ったら、ヒメはきっとぼくに感心するにちがいない。そのうち、ぼくはそれしか考えられなくなっていった。

ヒメが、疲れてきた。らしくもなく、味方のパスをぽろっとこぼして、ボールがてんてんと、ぼくのほうへ転がってきた。

とっさに拾って、力いっぱい投げつけた。距離《きょり》が近すぎる、なんて考える余裕は、吹《ふ》っ飛《と》んでいた。

あっと、みんなが声にならない声を上げた。

ぼくの投げたボールは、ヒメの顔面《がんめん》に当たった。——せめて、腕や足ならよかったのに、よりにもよって、顔面。

パアン！　と空気のよく張《は》った音が響いた。ヒメの顔に当たって上がった音なんて、信じたくなかった。

「ご……ごめん」

ぼくの声は、風船の空気が抜ける音のようにしょぼくれていて、自分の耳にしか届かなかった。

ヒメは、うつむいたまま、なかなか顔を上げなかった。やがて、ぐいっと仁王立《におうだ》ちして、鼻をつまんで空を見上げる。

デニムのシャツの胸もとに、黒っぽいしみが飛んでいた。鼻血《はなぢ》だ。

わあっと、みんなが悲鳴を上げた。

「ヒメちゃん、大丈夫⁉」

「ヒコくん、ひどーい！」

女子のかん高い声が、四方八方から、ぼくを責《せ》め立《た》てる。

「顔面は反則《はんそく》だぞ！」

ガキ大将がぼくをしかりつけた。ぼくの謝る声は、その騒ぎにまぎれてしまい、全然ヒメには届かない。

「ヒメは、顔面セーフだ。ヒコは、失格《しっかく》だ」

もちろんだ。もちろん、ヒメの顔面にボールを当てたぼくなんか、失格だ。

だけど、ぼくが失格になったからって、ヒメの鼻血がなおるわけじゃない。

と、ヒメが右手で鼻をつまみながら、左手でガッツポーズをした。そして、女子たちに、

「今日は、女子の勝ちだよ。これは、名誉《めいよ》の負傷《ふしょう》！」

そう言った。

みんなが、ちょっと遠慮《えんりょ》しながら、笑った。

誰《だれ》かが、マサ先生を連れてきた。

「おやおや。こりゃあ、わんぱくにやったねえ」

マサ先生は、ハンカチでヒメの鼻を押さえた。

「保健《ほけん》室に行こうか」

こくりとヒメがうなずき、マサ先生といっしょに校舎《こうしゃ》のほうへ歩き出した。

そのとき、チャイムが鳴った。

「おーい、みんなも教室に戻れ」

マサ先生が、振《ふ》り返《かえ》ってぼくたちにも声をかけた。

「先生が行くまで、漢字ドリルの続きをやっておきなさい」

いつも、自習時間は男子のお遊びタイムで、消しゴムの飛ばしっこをしたり、落書きをしたり、ろくなことをしていない。女子が「先生に言うわよ」とぷりぷり怒るくらいなのだが、その日は、男子もみんな、まじめにドリルをやっていた。

ぼくも、しゃにむにドリルの漢字を書いていた。まじめにやらないと、何だかヒメに申し訳が立たないような気がしたのだ。

先生は、十分ほどでやってきた。ぼくは、ドリルを二枚も進めていた。

「先生、ヒメちゃんは？」

ぼくが真っ先にききたかったことは、女子が先にきいてくれた。

「たいしたことないよ。でも、念のために、この時間は保健室でお休みだ」

よかった——と教室中にほっとした気配があふれた。

「ヒコくんも、もう気にしないようにな。今度から、気をつけなさい」

「はい。ごめんなさい」

ヒメは、六時間目の算数で、戻ってきた。鼻にティッシュを詰めていたが、それでもお人形のようにかわいかった。

ぼくは、ごめんと言いたかったのだけど、女子たちが先に取り囲み、「大丈夫?」と大合唱になったので、近づくこともできなかった。

女子の人垣《ひとがき》の後ろをうろうろして、あきらめて席に戻ろうとしたときだった。

「ヒコくん」

ヒメが、声をかけてきた。

「次は当てるからね」

そして、指鉄砲《ゆびでっぽう》をぼくに向けて、バンと打った。

みんな笑ったが、ぼくだけまだ笑えなかった。

ごめんは、結局言いそびれた。


下校のとき、ヒメと帰るのがいっしょになった。

といっても、いっしょに帰ったわけじゃない。単に帰る方向がいっしょで、ヒメが先のほうを歩いていて、ぼくは後ろを歩いていただけだ。

追いかけて、「今日はごめんね」と謝ってしまえばいい。そうしたら、胸のつかえもすっきり取れる。

だが、ぼくはなかなか足を速められなかった。謝ったあと、どんな顔をして、どんな話をして歩けばいいのか分からなかったのだ。言うだけ言って、走って逃げてしまうという手もあるけど、それには北海道のいなか道は、広くてまっすぐ長すぎる。姿が見えなくなるまで走れなかったら、とても間抜《まぬ》けだ。

やがて、ヒメが自分の家のあるほうへ曲がる分かれ道がきた。

今だ。今、追いかけて、ごめんねと言ってしまえば。ヒメは道を曲がっていくし、ぼくはこのまままっすぐだから、自然に別れられる。

分かっていたけど、やっぱり足は動かない。ボールをぶつけてしまったことが、思った以上にぼくをしばっていた。

笑って流してくれたけど、痛かったにちがいない。投げたぼくが一番よく知っている。男でも、キャッチしたら、手がじーんとしびれるくらいの強さで投げた。

向こうが、振り向いてくれたらな。そうしたら、やあと手をあげて、今日はごめんねって……

前を歩くヒメに、届くはずもないテレパシーを送る。

振り向け、振り向け、振り向け――

と、

「キャッ⁉」

ヒメが、急に悲鳴を上げて、頭の後ろを抱《かか》え込《こ》んだ。

「ちょっと！　だれ？」

怒ったように、後ろを振り向く。そして、拍子抜《ひょうしぬ》けしたような顔をした。ぼくが、ずいぶんと後ろのほうにいたからだ。

「……今、髪《かみ》の毛《け》、引《ひ》っ張《ぱ》った？」

疑《うたが》うようにきかれて、ぼくはぶんぶんと首を横に振《ふ》った。ヒメとぼくの間は、十メートルほども離れていた。ぼくの手はそんなに長くない。

「誰《だれ》かに、引っ張られたんだけど……」

ヒメは、眉間《みけん》にたてのシワを刻《きざ》んで、きょろきょろと左右を見回した。

「誰もいなかったよ」

ぼくは、そう証言《しょうげん》した。ヒメの髪の毛を引っ張って逃げたやつなんかいない。いるとしたら、透明《とうめい》人間だ。

「ランドセルに、引っかかったんじゃない？」

「そうかなぁ」

ヒメは、背中に背負《せお》った赤いランドセルを、肩ごしに見やった。

「ごめんね」

「え？」

ヒメの顔が険《けわ》しくなった。

「やっぱり、ヒコくん？」

「ちがうちがう」

ぼくはあわてて両手を振って、全否定《ひてい》した。

「ドッジ。ぶつけてごめん」

「なぁんだ」

険しい顔が、ぱっと笑顔《えがお》に切りかわった。

「もういいよ。わざとじゃないし」

「うん。ごめん」

「いいってば」

じゃあね、とヒメが道を折れていった。ぼくも、道をまっすぐ行った。

胸のつかえは、すっかり取れていた。

キッとこちらを振り向いた怒った顔も、お人形みたいだったなと思った。

考えてみれば、このとき、転校の日の朝以来、初めてヒメと一対一でしゃべった。

だからといって、何がどうしたというわけでもない。次の日からも、ぼくは同じクラスの男子の一人でしかなかった。

家が同じはち屋だからって、一体何をリードしているつもりでいたのだろう。変な思い上がりがみっともなくて、ぼくはむしろ、ヒメにそれほど話しかけなくなった。みんなといっしょなら話せるけど、二人で話すなんてとてもとても。

ヒメが話しかけてくれることがあっても、受け答えがしどろもどろになって、周りの友だちに話をパスして逃げてしまう。最初の頃、勝手な親近感を持っていたことを、あのぱっちりした目に見抜《みぬ》かれてしまうんじゃないかと思うと、いてもたってもいられなかったのだ。

ときどき、ヒメが何か話したそうな顔で、こっちを見ているような気がすることもあったけど、そんなものは気のせい、気のせい。ほかの男子よりヒメと仲良くなれたらなぁ、という、ぼくの願望が見せるまぼろしだ。

もう二度と、変な思《おも》い込《こ》みなんてしないぞ。ぼくは、いましめのように、ヒメからずっと目をそらしていた。

その時期、うちのみつばちの蜜源植物は、クローバーだった。

クローバーのはちみつは、アカシアやレンゲより一段《いちだん》深い茶色で、リンゴと同じような色合いだ。クローバーの次に花期が始まるシナノキとも似ている。（シナノキはボダイジュというほうが分かりやすいだろうか。でも、北海道では、シナノキという呼び方のほうが多い。はち屋も、大体シナノキと言う）

もちろん、いろんな花のはちみつが混《ま》ざることもある。アザミやタンポポ、菜の花やカボチャの花……そういう、いろんな花の蜜がブレンドされたはちみつを、百花《ひゃっか》蜜という。それに対して、一種類の花の蜜だけでできているはちみつは、単花《たんか》蜜。

ぼくには、見た目だけではちみつの区別はつかないけど、お父さんは、はちみつの色やにおいだけで、それがどんなはちみつか、分かってしまう。

一度、月見草《つきみそう》のはちみつがとれたことがあって、そのときはお月見の季節まで置いておいて、秋のスペシャルフレーバーとして売り出した。あっという間に売り切れて、けっこうな人気商品だったけど、それから月見草オンリーのはちみつは、とれたことがない。

こういうことがあるから、養蜂はおもしろいんだ。お父さんは、そう言った。

けど、その年はそんなサプライズも特になく、うちのみつばちは黙々《もくもく》とクローバーのはちみつを集めていた。

クローバーが終わって、シナノキが始まる頃に、一学期が終わる。

終業式の日、ふつうに帰りの会を終わらせようとしたマサ先生が、「おっと、そうだ」と思い出したように手を打った。

「ヒコくんと、ヒメちゃんは、今日でおしまいだったな」

先生、忘《わす》れんぼー。と、生徒たちがワイワイはやす。大人がうっかりすることなんかそんなにない、と当時のぼくらは思っていて、特に先生の抜けたところを見つけると、それだけで何だか楽しかったのだ。

マサ先生は、「はいはい、忘れんぼ忘れんぼ」と軽く生徒たちをいなした。

「はい。ヒコくんとヒメちゃんは、二学期からは別の学校です。二人とも、また来年の夏、元気に戻っておいで」

ぼくは、毎年戻ってくるので、お別れ会は省略《しょうりゃく》だ。そして、先生の口ぶりでは、ヒメも同じく省略らしい。

また会えるんだ、と思うと、ほっとしたような、うれしいような気持ちになった。

帰りの会が終わると、男子がぼくの周りに群《むら》がった。

「どうせ、夏休み中は、こっちだろ?」

「遊ぶとき、誘《さそ》うからな」

うん、うんと答えながら、ヒメのほうをちらりとうかがうと、ヒメのほうも女子と同じような感じだった。

「女子で、ヒメちゃんのお別れ会やろうよ」

「せっかくだから、ヒメちゃんちに行きたいな」

そんな話がもれ聞こえて、男子たちも全員ぴくんと耳をそばだてた。もちろん、ぼくも。

でも、女子たちは、男子もいっしょにどうぞ、と言ってくれるほど気がきかなかったし、男子も「おれたちも」と自分から言い出せるほど、図々《ずうずう》しくなかった。

インテリのガキ大将にみんな期待したが、さすがのガキ大将も「女子たちのお別れ会」に首を突《つ》っ込《こ》む勇気はなかったらしい。

夏休みが始まって数日目に、お父さんが晩ごはんにお客さんを連れて帰ってきた。お父さんと同じくらいの年頃《としごろ》のおじさんだ。

腕は、うちのお父さんと同じで、丸太んぼうみたいだが、顔はにこにこと優しい。

お父さんが、玄関《げんかん》で出迎《でむか》えたお母さんに、「ほら、原田《はらだ》さんのところの」と、おじさんのことを説明した。

いっしょにお出迎えをしたぼくは、原田？　と耳をダンボにした。

原田というのは、ヒメの苗字《みょうじ》だ。

おじさんは、ぼくに向かって笑いかけた。

「はじめまして、ヒコくん。うちのヒメと、同じクラスだったんだって？」

これが、ヒメのお父さんかぁ！

ぼくは、にこにこの笑顔を見つめ返しながら、「はじめまして」とご挨拶《あいさつ》した。

お父さんは、原田のおじいさんとずっとはち仲間だったので、ヒメのお父さんのことも知っているらしい。

「今日、たまたま山で会ったもんだからさ。前から、一度飲もうよと言ってたんだ」

それで、晩ごはんに誘ったというのだ。

「まあまあ、何にもありませんけど」

そんなことを言いつつ、お母さんはまったくあわてていない。どこの土地でも、はち屋同士で寄《よ》り合《あ》いをするのはしょっちゅうなので、はち屋のおかみさんは、ごちそうをたくさん作ることに慣《な》れている。急にお客さんが増えることにも、慣れている。

その日の晩ごはんは、肉じゃがと、お刺身《さしみ》と、もずく酢《す》だった。お父さんと原田のおじさんが、もずく酢でビールを空けている間に、お母さんは冷蔵庫《れいぞうこ》の野菜に桜《さくら》エビを合わせて、かき揚《あ》げを一品増やしてしまった。

長い物を退治した日に、長い物を出すような、ちょっと荒《あら》っぽいお母さんだけど、いざというときは、なかなかやるのだ。

おじいさんのところで、はち屋の修業を始めたばかりの原田さんは、同じ世代のお父さんに、たくさんききたいことがあったらしい。ビールもそっちのけで、話が弾《はず》んでいた。

二人の話を聞いているうちに、原田さんのはちのなわばりが、うちのなわばりのとなりの山だということも分かった。

車で蜂場へ行くとき、うちじゃない巣箱を見かけることがあったが、それもほとんど原田さんの巣箱らしい。

やがて、お父さんたちの話は、お母さんも交えて、子供のことに移《うつ》り変《か》わった。ぼくの耳は、ますますダンボになった。

「やっぱり、転校が多くなるでしょう。さびしい思いをさせてしまうかなと、悩《なや》んだんですが、うちは両親もまだ現役《げんえき》なので、預《あず》けるところもないし……」

はち屋の中には、子供を実家のおじいちゃんおばあちゃんに預けて、夫婦《ふうふ》や従業員《じゅうぎょう》だけで旅をする家もある。子供が転校ばかりになってしまうことを気にかけてのことだ。

原田さんは、今年の春先のはち渡りから修業を始め、ヒメは東京から数えると、もう四回転校している。はち屋の子供としては、まあ標準《ひょうじゅん》だ。

「ヒメは、つらいとは言わないんですが、最近はちょっと悩みもあるようだし……」

「それは、同じ子供にきくのが、一番いいんじゃないですか」

お母さんが、にっこり笑って、そう言った。原田さんが、まじめな顔で、ぼくを見た。

「どうだい、ヒコくん。転校暮らしは、さびしいかい」

大人から、こんなふうにまじめに質問《しつもん》を受けるのは初めてだった。質問というよりも、相談という感じだった。

これは、真剣《しんけん》に答えないといけない。ぼくは、おなかにぐっと力を入れた。

「さびしいことは、さびしいけど……はち屋だから、仕方ないし。ぼくは、お父さんとお母さんと離ればなれのほうが、さびしいです。どっちかっていうと、勉強がたいへんかな。どこの学校に行っても、ついていけるようにしないといけないから」

そうか、と原田さんは、ほっとしたように笑った。

「だけど、同じクラスで、仲良くしてくれない子がいたみたいなんだよ。ヒコくん、心当たりはないかい？」

「全然！」

みんなが、ヒメと仲良くなりたいのだ。ヒメと仲良くなりたくない子なんて、クラスの中にはいなかった。

「きっと、ヒメちゃんの気のせいですよ。クラスで一番のガキ大将だって、ヒメちゃんと仲良くなりたいんだから」

抜けがけで、ヒメと握手したくらいに。というのは、武士《ぶし》の情《なさ》けで言わないでおいてあげた。

「転校したばかりだと、自分だけ浮《う》いてるんじゃないかって、どうしても気になっちゃうから。

ヒメちゃんも、心配しすぎただけだと思います」

「確《たし》かに、そうかもしれないな」

原田さんは、まじめな顔でうなずいた。大人の原田さんと対等な相談相手になったみたいで、ぼくはちょっぴり鼻が高かった。

「そういえば、この前、うちでヒメのお別れ会があったんだよ」

知ってます。男子も、みんな行きたかった、ヒメのうちでのお別れ会。

「ヒコくんも来たらよかったのに」

「女子が、女子だけって決めちゃったから」

「そうか。そりゃあ、男が一人だけ来るわけにはいかないな」

そうそう。ガキ大将の握手より、すごい抜けがけになってしまう。

原田さんは、ヒメのお父さんだということが、すごく納得《なっとく》できる、いい人だった。

帰りがけ、原田さんはぼくに言った。

「ヒコくん。ヒメと、仲良くしてやってね」

それは、ぜひ、ヒメのほうに言ってください。

靴《くつ》を履《は》く原田さんに、ぼくは真剣にそう願った。

第二章　シナノキの夏

クローバーが終わった頃《ころ》に、お父さんが巣箱のはちみつを、全部しぼった。少し前にしぼったばかりなので、全然まだ貯《た》まっていなかったのだけど、一度クローバーを全部しぼらないと、次のシーズンのシナノキとはちみつが混《ま》ざってしまうのだ。

たった二種類でも、混ざったはちみつは、百花蜜《ひゃっかみつ》としてしか売れなくなってしまう。百花蜜も個性《こせい》があっておもしろいのだけど、高く売れるのはやっぱり単花蜜《たんかみつ》なので、メインの蜜源《みつげん》植物が切《き》り替《か》わる時期には、こうして巣箱のはちみつも切り替えるのだ。

シナノキのシナは、アイヌ語で「結ぶ」「しばる」という意味で、アイヌの人はシナノキの皮から繊維《せんい》をとって、布《ぬの》を織《お》ったり、ロープを作ったりしたらしい。漢字では「科《しな》」と書くことが多く、長野の昔の呼《よ》び方である「信濃《しなの》」は、元々は「科野《しなの》」と書いて「科の木がたくさんとれる土地」という意味だったという説もあるそうだ。

シナノキのはちみつは、ちょっとクセのある甘《あま》い香《かお》りがして、味もねっとりと濃厚《のうこう》だ。北海道《ほっかいどう》では、シナノキのはちみつが一番たくさんとれる。本州の人には、クセのないアカシアやレンゲが圧倒的《あっとうてき》に人気だけど、北海道の人にはシナノキが人気だ。昔から、一番身近なはちみつだからだろうか。香りのしないはちみつは物足りない、という人までいる。

ぼくも、パンやヨーグルトと食べるのは、シナノキが一番好きだ。お母さんが料理に使うには、香りが強すぎるらしいけど。

お母さんは、料理にほとんどさとうを使わない。さとうの代わりに、はちみつを使う。煮物《にもの》や照り焼きも、全部はちみつだ。液体《えきたい》だから使いづらいけど、精製《せいせい》した白いさとうより、やさしい味がするらしい。らしい、というのは、ぼくはお母さんのはちみつの味つけで育っているので、白ざとうの味つけとあまり比《くら》べられないのだ。

料理には、クセのないアカシアやレンゲが一番。クローバーも、クセがないから向いている。でも、そんなお母さんも、紅茶《こうちゃ》やホットミルクに落とすのは、シナノキ派《は》だ。これぞはちみつ、という甘い香りがたっぷり広がる。

シナノキが始まると、はち渡《わた》りの旅もいよいよおしまいに近づく。北海道のシナノキは、うちが最後につかまえる花で、シナノキが終わると、今度は冬越《ふゆご》しのために暖《あたた》かい福岡《ふくおか》に帰るのだ。でも、シナノキが盛《さか》りの間は、まだまだ大いそがしだ。白っぽい線香《せんこう》花火みたいな地味な花のくせに、シナノキはたくさん蜜と花粉を持っている。

夏は、お父さんとお母さんが、いっしょに山に行くことが、ぐんと増《ふ》える。もちろん、ぼくも連行だ。

ぼくは、アリバイ作りのお手伝いが終わると、車の中に避難《ひなん》するのが主だった。北海道は、夏でも涼《すず》しいので、日陰《ひかげ》に車をとめておけば、窓《まど》を閉《し》めておいても車内はそんなに暑くならない。

暇《ひま》つぶしには、マンガの本を持っていくことが多かったけど、その夏のぼくは、断然《だんぜん》、ゲームボーイに夢中《むちゅう》だった。ずっとほしかったのを、誕生日《たんじょうび》にやっと買ってもらえたのだ。

単三電池四本で動くけど、それだと電池がすぐ切れてしまうので、いっしょに買ってもらったバッテリーをつなげる。すると、お父さんとお母さんのはちみつの作業の間くらいは遊べた。

買ってもらったゲームソフトは、テトリス。画面の上から落ちてくるいろんな形のブロックを、移動《いどう》させたり、回転させたり、水平になるように積んでいく。水平になると、ブロックが消えるけど、でこぼこに積んでしまうと、消えずに残る。残ったブロックが画面いっぱいにつっかえると、ゲームオーバーだ。

時間がたてばたつほど、ブロックが落ちるスピードは速くなって、電子音の音楽も速くなる。あせって操作《そうさ》をまちがえると、すぐに天井《てんじょう》までブロックがガタガタに積み上がってしまう。

初期型のゲームボーイが出たばかりのころに売り出されたゲームなので、ずいぶん古いソフトだったが、ぼくはこの単純《たんじゅん》なゲームのとりこだった。進めば進むほど、ブロックはとんでもない速さで落ちてきて、それをくるくる操作してすきまにピタリとはめ込《こ》むと、自分がすごい達人になったような気がした。達人とはいっても、たかがゲームボーイの、小さな四角い画面の中だけのことだけど。

友だちに人気だったのは、スーパー桃太郎電鉄《ももたろうでんてつ》というすごろくゲームのシリーズだが、ぼくはそれほどはまらなかった。日本全国を鉄道で回って、土地や不動産を買って、財産《ざいさん》を競《きそ》い合《あ》うというゲームだったが、ぼくは家がはち屋だったせいか、ゲームの中でまで旅をしなくてもいいや、という気分だったのだ。ゲームの中で新しい土地へ行くたび、転校の段取《だんど》りを思い出して、面倒《めんどう》くさくなってしまったのかもしれない。

その点、テトリスは、自分の反射神経《はんしゃしんけい》がみがかれているような気分になって、ちょっと気分がよかった。この速さについていけるぼくってかっこいい、とご満悦《まんえつ》になれたのだ。

その日も、ぼくは車の中で、テトリス三昧《ざんまい》だった。

バッテリーの消費をおさえるために、音楽は消して、無音でブロックをくるくる回す。音楽がなくても充分《じゅうぶん》おもしろいし、急《せ》き立《た》てるような音楽がないほうが、落ち着いて操作できる。

ぼくは、すっかり四角い画面の中に入《はい》り込《こ》んでしまい、外の様子なんか、まったく分からなくなっていた。

窓の外に、一瞬影《いっしゅんかげ》がよぎったのも、日がかげったのかな、くらいに思っていた。

だが――

ヒ・メ！

聞《き》き捨《ず》てならない名前が、ふっと耳元にこだました。

あっと思った瞬間《しゅんかん》に、きわどい操作をまちがえた。ピタリとブロックをはめるはずだったのに、一マスずれた。あとは、リズムがくずれて、ガタガタだ。ブロックは、不格好《ぶかっこう》に積み重なって、あっという間に、ゲームオーバー。

いつもなら、くやしくてすぐにやり直すが、ぼくは大事なゲームボーイをほっぽり出して、窓の外を見た。

すると、白いツナギを着た人影《ひとかげ》が、うちの車とすれちがって、後ろへ歩いていくところだった。

学校でいつも下ろしていた髪《かみ》をひとつに結んでいたから、一瞬分からなかったが、確《たし》かにそれは、ヒメだった。

ぼくは、とっさに車を降《お》りた。

「ヒメ！」

声をかけると、ヒメがかたい顔でこちらを振《ふ》り返《かえ》った。

その、かたい顔に、少し気持ちがひるんだ。

「……こんにちは」

ヒメが、そう挨拶《あいさつ》してきた。ちょっと、他人行儀《たにんぎょうぎ》な感じがするのは、気のせいだろうか。

「こんにちは……さっき、車の横、通ったよね」

「うん」

「ぼくが乗ってたの、気がつかなかった？」

ヒメは、今度はだまって首を横に振《ふ》った。気づいてはいたらしい。

「声、かけてくれたらよかったのに」

「ゲームしてたし……」

ヒメは、何だか歯切れが悪い。学校でのはつらつとした様子とは、全然ちがう。

と、急にヒメが、キッとなってぼくをにらんだ。

「ヒコくんは、わたしのこと、きらいでしょ」

ええっ⁉　――という声は、出なかった。あまりにもびっくりしすぎて、声が出なかったのだ。

青天《せいてん》の霹靂（へきれき）ってことわざがあるけど、晴れた空から突然《とつぜん》かみなりが落ちたら、人はきっと悲鳴を上げるより、驚《おどろ》いて固まるにちがいない。それどころか――

ぼくとしては、身に覚えがないのに、突然、犯罪者《はんざいしゃ》にされてしまったほどの、ものすごい衝撃《しょうげき》だった。

気がつくと、いっしょうけんめい、首を横に振っていた。言葉が追いつかない代わりに、体が答えようとしたらしい。

やがて、「ちがうよ」とやっと言葉が追いついてきた。

「きらいじゃないよ。全然、きらいじゃないよ」

むしろ、と頭の中に、正反対の言葉がひらめきそうになって、あわててかき消した。その言葉を意識《いしき》してしまったら、もう、ヒメとふつうに話せないような気がしたのだ。

「誰《だれ》が、そんなこと言ったの？」

ぼくの中で、ガキ大将《だいしょう》が容疑者《ようぎしゃ》として浮上《ふじょう》した。もし、ヒメにそんなことを吹《ふ》き込《こ》んでいたら、とっちめてやるからな。きっと、取っ組み合いになったら、負けるけど。

「誰も……」

誰も言ってないなら、なんで。

ぼくがそう思ったとき、ヒメが、なじるように、ぼくをまたにらんだ。

「だってヒコくん、学校でわたしが話しかけても、全然しゃべらないし。わたしのこと、あまり見ないし」

勝手に容疑者にして、ガキ大将に悪いことをしてしまった。でも、本人に突《つ》っかかっていないので、セーフ、セーフ。

原田《はらだ》さんが、うちに晩《ばん》ごはんを食べにきたとき、ヒメが悩《なや》んでいるらしいと言っていた。同じクラスに、仲良くしてくれない子がいるらしいんだ、って。

あれは、全部ぼくのことだったのだ。

ドッジボールをぶつけてしまったり、ヒメに対して、みんなより一歩リードしているような、勝手なかんちがいがみっともなかったり、とにかく、ぼくは、ヒメの前で態度《たいど》が変だった。

自分のおかしな態度が、ヒメを傷《きず》つけてしまっていたなんて。ぼくは、ひどく打ちのめされた。

「家もおんなじはち屋だし、いろいろきいてみたかったのに、わたしのこと、さけてばっかり」

そうだ。ヒメは、はち屋の子供《こども》として旅をするのは、今年が初めてだったのだ。ぼくは、はち屋の子供のベテランとして、いろいろ相談に乗ってあげられたのに。

「ごめん」

ぼくは、必死で謝《あやま》った。

「ドッジで、ぶつけちゃってから、気まずくて」

勝手なかんちがいのことは、さすがに恥《は》ずかしくて言えなかった。はち屋の子供同士だから、男子の中で一番仲良くなれるんじゃないかって、期待してたことなんか。

何とか、ドッジのことだけで、納得《なっとく》してください。

「ヒメに、鼻血まで出させちゃったから」

ヒメが、「もう！」と牛みたいな声を出した。

「鼻血の顔なんか、さっさと忘《わす》れてくれないと、失礼よ！」

「ごめん。分かった。忘れる」

がばっと頭を下げて、それからそろそろ顔を上げると、腕《うで》を組んで仁王立《におうだ》ちしたヒメと、目が合った。

そして、同時に、吹《ふ》き出《だ》した。

「きいてみたかったことって、なに？」

ぼくが、そうたずねると、ヒメは、うーんと考《かんが》え込《こ》んだ。

「夏休みの宿題？　次の学校でどうしたらいいか、とか」

まだ、夏を渡ったことがないヒメには、難《むずか》しい問題だ。ぼくたちは、一学期の終わりで転校し、二学期はまた別の小学校へ行く。北海道の小学校で、一応《いちおう》、夏休みの宿題をもらうけど、新しい小学校の宿題は、もらっていない。

「こっちの学校でもらった宿題を、そのまま次の学校で出したらいいよ。でも……」

はち屋の子供のベテランであるぼくは、秘密《ひみつ》の裏技《うらわざ》を知っている。

「『なつやすみの友』だけやっとけば、大丈夫《だいじょうぶ》だよ」

え？　とヒメは首をかしげた。

「でも、絵日記とか、自由研究とか……」

「前の学校で、どんな宿題が出たかとか、確かめないから」

『なつやすみの友』のドリルだって、本当は出さなくても何も言われない。どうせ、次の学校のドリルとは、ちがうんだから。『なつやすみの友』をやるのは、さすがに何も宿題をしないのは気がひけるという、ぼくの良心だ。

「でも……」

ヒメは、ぼくの大胆《だいたん》な裏技に、ちょっとおののいている様子だった。

「怒《おこ》られたりとか、しない？」

「ぼくは、怒られたことは、一度もないよ」

どんと胸《むね》を叩《たた》いて保証《ほしょう》すると、ヒメがくすっと笑った。

「はち屋の子供って、夏休みの宿題だけは、ちょっと得だね」

「役得《やくとく》っていうやつだよ」

その言葉も、インテリなガキ大将から教わったばかりだった。

「転校ばっかりでたいへんなんだから、たまには休憩《きゅうけい》しなくちゃ、不公平だよ」

転校する先々で、まちまちな授業《じゅぎょう》の進み方についていくには、地道な努力が必要なのだ。ぼくたちは、いつも努力しているのだから、夏休みくらいは羽を伸《の》ばしても、許《ゆる》されるはずだ。

「ほかに、ききたいことは？」

さあさあ、何でもきいて。ぼくが前のめりになると、ヒメは、恥ずかしそうにうつむいた。

「帰り道……」

「えっ」

思わず、声が出た。

「ヒメ、迷子《まいご》なの？」

「はっきり言わないで！」

また、キッとにらまれた。でも、今度は、胸に突きさされるような感じはしなかった。むしろ、気を許されているような感じさえした。

確かに、ヒメの言うとおり、小学校三年生にもなって迷子というのは、屈辱《くつじょく》的だ。

「はちみつのお手伝いをしてて、疲《つか》れたから、車に戻《もど》って休んでたんだけど……ちょっと退屈《たいくつ》になって、お散歩してたら、帰り道が分からなくなって」

「だったら、それこそ、ぼくを見つけたときにきいてくれたらよかったのに」

だって、とヒメがくちびるをとがらせる。

「ヒコくんは、わたしのことをきらいだと思ってたから」

「きらいじゃないって、言ったじゃないか」

「でも、通ったときは、そんなの知らなかったし」

おっと、また堂々めぐりになってしまう。

「もし、もしもだよ。絶対《ぜったい》にそんなことないけど、もし、万が一、本当にきらいだったとしても、困《こま》ってる同級生に、道を教えてあげないようないじわるはしないよ」

ヒメは、その主張《しゅちょう》には、「それもそうだね」と納得してくれた。

「原田さんちの巣箱なら、お父さんが知ってると思うから、連れていってもらおう。お父さんを呼んでくるから、ヒメは車で待ってて」

「わたしも行くよ」

「はちよけの帽子《ぼうし》、一つしかないんだ」

さすがに、顔をむきだしで蜂場《ほうじょう》に行くのは、恐《こわ》かったらしい。ヒメは、すなおに車に乗った。

「うちの巣箱、ちょっと奥《おく》のほうだから。暇だったら、ゲームボーイやっててていいよ」

ありがとう、というヒメの声を背中《せなか》に受けて、ぼくは勇んで森の奥へ走った。

ぼくがお父さんを呼んで戻ってきたとき、ヒメはゲームをやっていなかった。その代わりに、お父さんがいつも車に積んでいる植物図鑑《ずかん》を読んでいた。

「ゲーム、やっててよかったのに」

「テトリス、速くなっちゃうから、苦手」

「速くなるから、おもしろいんじゃないか」

「手がついていかなくなるんだもん」

缶《かん》けりやドッジボールのときは、すばしこく動いて、逆転《ぎゃくてん》キックをしたり、パスをカットするヒメなのに、ゲームの操作は下手なんだな。こんなこと、きっと、クラスの男子は誰も知らない。

そう思うと、ゆかいになった。

「こっちのほうが、おもしろい」

ヒメは、ひざの上に置いていた図鑑を、うれしそうに持ち上げた。

「来る途中《とちゅう》、これあった」

ヒメの指さしたページには、うすむらさきの釣《つ》り鐘《がね》型の花が連なっている植物の写真がのっていた。

やってきたお父さんが、ぼくの背中から図鑑を覗《のぞ》き込《こ》んだ。

「ツリガネニンジンだな」

名は体を表す、というとおりの名前だ。

ヒメが、お父さんに向かって「こんにちは」と頭を下げた。それから、図鑑をぱらぱらめくる。

「あと、どっちか分からないけど、これも見ました」

次にヒメが見せた写真は、ぼくも知っていた。マツヨイグサと、オオマツヨイグサだ。となり同士のページにのっている。

「しぼんだ花は、あったかい？」

お父さんがきくと、ヒメは「はい」とうなずいた。

「しぼんだ花があかね色っぽかったら、マツヨイグサだ」

図鑑の写真には、ちょうどしぼんだ花もいっしょに写り込《こ》んでいた。

「赤くなかったです。枯《か》れたみたいな色でした」

「じゃあ、オオマツヨイグサだ。最近は、オオマツヨイグサのほうが多いからな」

「はちみつは、とれるんですか？」

「マツヨイグサの仲間は、とれるよ。全部、月見草のはちみつとして分類するけどね」

「うちでも、一回とれたことがあるよ」

お父さんとヒメばかり話すのがおもしろくなくて、ぼくはむりやり割《わ》り込《こ》んだ。すると、ヒメの声がはなやいだ。

「へえ！　どんな味？」

「ええっと……」

ぼくは、困って、お父さんのほうへ視線《しせん》を振った。何しろ、一度食べたっきりなので、あまりよく覚えていない。よく覚えていないということは、クセがなかったということだと思うけど。

「レンゲと似《に》てるな」

お父さんも、やっぱりそう言った。

「でも、月見草のほうが、香りが強くてコクがある」

「へえー。ツリガネニンジンのはちみつは、どんななんですか？」

「ツリガネニンジンのはちみつは、とれたことがないよ」

「蜜が出ないんですか？」

「あまり蜜を吹くイメージはないな」

　蜜を吹く、吹《ふ》かないというのは、はち屋独特《どくとく》の言葉かもしれない。花が蜜をたくさん出すか、出さないかということを、こう表現《ひょうげん》するのだ。

「それに、花の奥行《おくゆ》きが深いから、みつばちが中まで入り込めないと思うよ」

小さな花なら、外から口で蜜を吸《す》いとれるし、大きな花なら、体ごと奥までもぐり込《こ》んで、蜜がとれる。でも、ツリガネニンジンの花では、サイズが中途半端《ちゅうとはんぱ》で、どっちも難しいのだ。

「じゃあ、送っていこうか」

お父さんが、運転席に乗《の》り込《こ》んだ。この頃《ころ》は、携帯《けいたい》電話がまだまだ広まっていなかったので、とりあえず電話で先に知らせるということができなかった。だから、早く送っていかなくては、ヒメの家族を心配させてしまう。

「おじさん、ありがとう。お仕事中なのに、ごめんなさい」

ヒメが、礼儀正《れいぎただ》しくそう言うと、お父さんは車を出しながら、笑った。

「いいんだよ。ヒコの友だちなんだから。それに、おじさんも、ヒメちゃんのお父さんと友だちなんだ」

「はちみつの仕事は、お母さんがやってくれてるから、心配ないよ」

ぼくも、ヒメを安心させるために、そう言った。すると、ヒメがぼくのほうを向いて、へへっと笑った。

「わたし、ヒコくんと友だちでよかった」

ふわぁっ、と胸《むね》の中《なか》が軽くなるような気持ちがした。はち屋の子供でよかったな、と思った。

それまでは、うちがはち屋じゃなかったらよかったのに、と思うこともときどきあったのだけど。

(特に、みつばちに刺《さ》されたとき)

原田さんの蜂場に着くと、ヒメの家族は、ヒメが迷子になったことにまだ気づいていなかった。

原田さんが、お父さんの車を見つけて、あれっという様子でやってきた。

「どうしたんですか?」

そうきいてから、後ろの座席《ざせき》から降りたヒメに気づき、また「あれっ」となった。

「どうして、ヒメが?」

お父さんが、事情《じじょう》を説明しようとしたのを、ぼくは強引《ごういん》にさえぎった。

「ヒメちゃん、散歩してて、うちのほうまで来たんだけど、疲れちゃったんだって」

ヒメが、目をぱちくりさせて、ぼくを見た。

説明をさえぎられたお父さんは、最初ちょっとびっくりしていたけど、結局、ぼくに話すのをまかせてくれた。

「だから、ぼくが、お父さんに送ってあげてって頼《たの》んだんだ」

「あんなところまで、歩いていったのかい?」

原田さんは、ヒメが歩いた距離《きょり》にびっくりしていた。その日の原田さんの蜂場と、うちの蜂場は、近いほうだったけど、三㎞はある。

「ヒメは、よく歩くから」

そう言って笑ったのは、ヒメのお母さんだ。ヒメによく似た、美人なおばさんだった。

「でも、クマが出るかもしれないいんだから、一人で遠くまで行っちゃだめよ」

ヒメのお母さんは、何となくふんいきがぼくのお母さんに似ていた。うちのお母さんと会ったら、すぐに仲良くなるにちがいない。（そして、それはそのとおりだった。顔を合わせたとき、二人ともすぐにうまが合ったのだ）

ちなみに、蜂場には、クマよけの電柵《でんさく》を張《は》ってある。ワイヤーで巣箱を置いた場所をぐるりと囲み、バッテリーごとしかけて、二十四時間、休みなく電気が流れるようにしてあるのだ。そうしないと、クマにはちみつを食べられてしまう。北海道に出るのは、赤い上着を着た黄色いクマじゃなくて、獰猛《どうもう》なヒグマだが、はちみつが好きなことは変わらない。

ぶあつぃクマの毛皮を通すくらいの強い電流なので、うっかり触《さわ》ってしまったらたいへんだ。ゴム手をはめていても、バシッと引っぱたかれたような衝撃がくる。

「送ってくださって、どうもありがとうございました」

原田さんが、お父さんにぺこりと頭を下げた。

「いや、なに。お安いご用です」

お父さんは、笑ってひょいと頭を下げ、また運転席に乗り込んだ。

「ほら、ヒコ。行くぞ」

「うん」

ぼくが車に乗ろうとすると、ヒメがぱたぱたっとかけてきた。

「ヒコくん、ありがとう」

小さい声でささやいて、原田さんとおばさんのほうへ走り去る。——どういたしまして。

小学校三年生にもなって、迷子になっていたことを白状《はくじょう》するのは、けっこうな屈辱だ。

「ヒメちゃんが迷子になったこと、言わなかったんだな」

車を運転しながら、お父さんがそうきいてきて、ぼくは急に不安になった。

ぼくは、迷子のことを黙《だま》っていてあげただけのつもりだったけど、結果として、うそをついたことになるかもしれない。

「ごめんなさい、うそついちゃった？」

「うそじゃないだろう」

お父さんは、ゆるいカーブに合わせてハンドルを切りながら、そう言った。

「ヒコのは、男の優《やさ》しさだ」

「男の優しさ？」

「女の子をかばってあげるためのうそは、男の優しさって言うんだ」

そう言われて、ぼくは首をかしげた。

「男の友だちをかばってあげるのも、優しさじゃない？」

「それは、男の友情《ゆうじょう》だ」

優しさと、友情と、何がちがうのかピンとこなかったけど、とりあえず、ぼくがヒメの迷子のことを言わなかったのは、うそをついたことにはならないらしいので、ほっとした。

「でも、ヒメちゃんがうちの蜂場を通りかかって、よかったな」

お父さんの言葉に、ぼくも心の底からうなずいた。

ヒメは、意地を張ってぼくに声をかけなかったけど、あのまま一人でずんずん歩いていったら、一番近くの人里に出るまで、何時間もかかるのだ。

「ぼく、気がついてよかった。最初、ゲームしてたから、気づかなかったんだ」

なに、とお父さんがちょっと顔をしかめた。

「また、そんなにゲームをしてたのか」

おっと、やぶへび。山では、暇を持《も》て余《あま》すからお目こぼしされていたけど、本当は一日一時間までと決められているのだ。それも、夏休み中の特別延長《えんちょう》で、学校がある日は三十分だけ。

「たまたまだよ。ヒメが通りかかったとき、たまたまやってたんだ」

「よく気づいたな。いつも、ごはんに呼ばれても気づかないのに」

お母さんには、よくそれで怒られる。だから、ゲームに関して厳《きび》しいのは、お母さんのほうだ。

「たまたま、ゲームオーバーしたから……」

どうか、お母さんに報告《ほうこく》されませんように。

やがて、お父さんがいつもの場所に車をとめた。そして、車を降りながら、

「やりすぎるんじゃないぞ」

恐い顔で指さしたのは、ゲームボーイだ。ぼくは神妙《しんみょう》な顔で、こくこくうなずいた。

お父さんの背中が、森の中にすっかり消えてから、ぼくはさっそくゲームボーイのスイッチを入れた。

やりすぎるんじゃないぞ、ということは、やりすぎなければ大丈夫。お父さんとお母さんが、戻ってくるまでにやめたらいい。

再開《さいかい》すると、あっという間に、小さな四角い液晶《えきしょう》の世界に飲《の》み込《こ》まれた。ものすごいスピードで落ちてくるブロックを、くるくる、くるくる——


そうして、どれだけたっただろう。

七種類のブロックしか落ちてこないはずの液晶画面に、突然ぽとりと、へんなものが落ちた。

「ナニガ、オモシロインダ？」

頭の中が、真っ白になった。

液晶の上に、仁王立ちしたへんなものが、ぼくを見上げて、そう話しかけてきたのだ。

へんなものは、人の形をしていた。

大きさは、ぼくの小指ほど。

アイヌの木彫《きぼ》り人形みたいな、ふしぎなもようの入った服を着て、体のわりにでっかい足には、きちんと靴《くつ》を履《は》いていた。

これは、——小人？

「コレノ、ナニガ、オモシロインダ？」

小人は、またきいた。ちっちゃな顔には、ちっちゃなちっちゃな目鼻と口がついている。まゆがクッと上がって、りりしい顔立ちだった。髪《かみ》の毛《け》も、あちこちねじって、セットされている。なかなかおしゃれだ。

「オイ。クチガ、キケナクナッタノカ？」

口の悪い小人にうながされ、ぼくはようやく口を開いた。

「これは、テトリスっていうゲームだよ。上から落ちてくるブロックを、下で水平になるように、組み合わせて消すんだ」

小人は、ちっちゃな顔をしかめっつらにして、腕組《うでぐ》みをした。

「サッキカラ　ミテタケド、ナニガ　オモシロイノカ、サッパリ　ワカラナイ」

「消していくうちに、レベルが上がって、ブロックが落ちてくるスピードがどんどん速くなるんだよ。それを、すばやく操作して、消すのがおもしろいんだ。ちょっとどいて」

ぼくが言うと、小人がぴょんと飛んで、液晶の上からどいた。本体のてっぺんの角のところに、器用に立っている。

「ヤッテミロ」

「えらそうだなぁ」

ぼくは、文句《もんく》を言いながら、ゲームオーバーになっていたテトリスを、また再開した。最初のブロックが、ゆっくり落ちてくる。ぼくの好きな形だ。

位置を決めて、一気に落とす。次のブロックも、ぱっと位置を決めて、また一気に落とす。位置を決めて、落とす。位置を決めて、落とす。位置を決めて、落とす……

レベルがかなり上がって、ブロックのスピードが速くなってきた。

「ほら。速いだろ」

「ソンナモノ」

小人が、鼻で笑った。

「オレノホウガ　ズットハヤイ。ミテロ」

SELECT
START

小人が、ぱっと消え失《き う》せた。いなくなった、ではなく、消えた、というしかないほど瞬間的に。

「ホラ」

次に現《あらわ》れたのは、バックミラーの上。

「ホラ」

次は、ハンドルの上。

「ホラ」

ダッシュボードの上。

パッ、パッ、パッと、まるで瞬間移動《しゅんかんいどう》したように、居場所《いばしょ》が変わる。まるで、マンガで読んだテレポーテーションのようだ。

ぼくは、むきになって、小人が消えるたびにあちこち見回したが、全然、追いつけなかった。

運転席の上、ギアレバーの上、助手席の上……

「ホラ」

耳元で、声がした。小人は、ぼくの右肩《みぎかた》に乗っていた。

完全に、ぼくの負けだった。

小人は、またゲームボーイの液晶の上に、ぴょんと飛び乗った。テトリスは、とっくにゲームオーバーになっていた。

「ナニガ　オモシロイノカ、サッパリ　ワカラナイ」

だめ押《お》しだ。

「そりゃあ、君ほど速く動けたら、つまんないだろうけど……」

ぼくが得意になって動かしていたブロックなんか、きっと、止まって見えるのだろう。ぼくは、ちょっといじけた口調になった。

「ぼくには、おもしろいんだよ」

「ヒメヨリ　オモシロイノカ？」

そのとき、はっと思い出した。

テトリスに夢中になっていたぼくは、最初、ヒメが通りかかったことに、気がつかなかった。よく気づいたな、と言ったお父さんに、たまたまゲームオーバーになったから、と答えたけど、たまたまゲームオーバーしたのではなかった。

耳元で、突然、聞き捨てならない名前が聞こえたのだ。

ヒ・メ！　と。

「あれは、君か……」

すると、小人が、突然「ルルルルルッ」と言った。

「え？　何？」

ぼくが聞き返すと、小人は、ちょっと失敗したような顔になった。そして、また口を開く。

「オマエガ、ソノ　チッチャイシカクニ　ムチュウニナッテ、ヒメニ　ゼンゼンキヅカナイカラ、キヅカセテヤッタンダ」

「さっきのルルルっていうのは、外国語？」

「チガウ。オナジコトヲ　イッタ。ハヤク　イッタダケダ」

同じことを言ったのだとしたら、まるでビデオの早送りだ。

「ハヤクトハ　イッテモ、オレニトッテハ　フツウダケドナ」

はいはい、分かった。分かりましたよ。ぼくがくさると、小人はまたきいた。

『テトリス』ハ、ヒメヲ　ミノガシテモイイクライ、オモシロイノカ？」

ぐうの音《ね》も出ないとは、このことだ。ぼくは、黙って首を横に振った。

ヒメと会うよりおもしろいゲームなんか、あるわけがない。歩いてくるヒメに気づけるほうが、ずっといい。

「君は、どうしてヒメの名前を知ってたの？」

小人は、ぼくに向かって、自慢《じまん》げな顔をした。

「ヒメダケジャナイ。オマエノナマエモ　シッテル。ヒコダ」

「うん。確かに、ぼくの名前はヒコだけど……どうして、ぼくらの名前を知ってるの？」

「ズット　ヒコヲ　ミテタカラダ」

ずっとって……

「いつから？」

「ズット　マエカラダ」

全然、答えになってない。

「前からって、どれくらい？　何日前？　何週間前？　何ヶ月前？」

「ソレハ　ヒミツダ」

「何でだよ」

「ヒミツダカラダ」

「どうして、秘密なの？」

「ソレモ　ヒミツダ」

ずいぶん、秘密主義《しゅぎ》の小人だ。

「何のために、ぼくを見てたの？」

「『トモダチ』ニ　ナルタメダ」

「トモダチ？　ぼくと？」

「アア。オマエガ　トモダチニ　ナリタカッタラ、トモダチニ　ナッテヤッテモイイ」

ずいぶん、上からだ。でも、えらそうにそっくりかえった様子がおかしくて、笑ってしまう。

「ナニガ　オカシイ」

「君が、かわいいからだよ」

するとと、小人の顔が真っ赤になった。

「カワイクナイ。オレハ、カッコイインダ」

「ごめん、ごめん」

やっぱりトモダチになるのをやめる、と言われては困るので、ぼくはあわてて謝った。

こんなふしぎなかわいい生き物と、友だちになれるチャンスを、ぶっ壊《こわ》すわけにはいかない。

「君は、かっこいいよ。すごく、すばやいし」

「ソウダ。オレハ、ハヤインダ。オナジトシノ　ナカマノナカデモ　イチバンダ」

「仲間がいるの？」

ぼくがきくと、小人はしまったという顔になった。

「イマノハ　マチガイダ。ナカマガイルトイウノハ、ヒミツナンダ。シャベッタコトガバレタラ、オレハ、オコラレテシマウ」

「分かった。絶対、言わないよ」

ぼくは、ふきだしそうになるのをこらえて、まじめな顔でうなずいた。

「オマエ、オレト　トモダチニ　ナリタイカ？」

「なりたいよ」

「オレト　トモダチニナルニハ、ヤクソクヲ　シナクテハイケナイ」

「どんな約束？」

「オレノコトヲ、ゼッタイ、ダレニモ　シャベッテハイケナイ」

たぶん、そう来るだろうなと思っていた。マンガやアニメだって、ふしぎな生き物と友だちになる主人公は、その友だちのことを、ないしょにしなくてはいけないことになっている。

でも、一応、粘《ねば》ってみる。

「お父さんや、お母さんにも？」

「アア」

「友だちにも？」

友だち、と言いながら、思《おも》い浮《う》かべたのはヒメだ。

ヒメと、こんなふしぎですてきなことを、いっしょに分かち合えたら、どんなにわくわくするだろうと思ったのだ。

だが、小人は、すげなく「アア」とうなずいた。がっかりだ。

「一生、誰にも言ったらいけないの？」

「トクベツニ　オシエテイイトキモ、アル」

「どんなとき？」

ぼくがせっつくと、小人はぷいと横を向いた。

「イマハ、ヒミツダ」

「いつなら、いいの？」

「トキガキタラ、オシエテヤル」

そのときがくるのが早かったらいいな、と思いながら、ぼくは引き下がった。

「分かった。誰にも言わない。だから、友だちになろう」

「ヨシ」

うなずいた小人が、うれしそうな顔をしたのは、ぼくの気のせいじゃなかったと思う。

そして、小人が、右手を上に上げた。ぼくが見ていると、小人は、しかりつけるような口調で言った。

「オイ。ナニヲ、ボーットシテルンダ」

「え？」

「『ハイタッチ』ダ」

ハイタッチなら、もちろん知ってる。学校の友だちとも、よくやる。でも、

「ごめん、ごめん。小人が、ハイタッチを知ってるなんて、思わなかったから」

「ニンゲントハ、オオキサガ　チガイスギテ、アクシュ　デキナイカラナ」

確かに、そのとおり。ぼくは、右の手のひらを、小人のほうに向かって上げた。

すると、小人は、ぼくの手のひらの付け根のところに、自分の手のひらをぶつけてきた。

指先で、軽く押《お》されたくらいの感触《かんしょく》だった。軽くて、やわらかで、ぽっちりと小さくて、でも、確かにそこに存在《そんざい》している感触だった。

「オレハ、『ハリー』。ホンミョウハ、ハリエンジュノヒコ＝ハヤタ」

ハリエンジュ。はち屋にとっては、なじみぶかい木だ。

「アカシアだね」

「オマエタチハ、ソウヨブミタイダナ」

「はちみつがいっぱいとれるよ」

「シッテル。コレハ、ミツロウデ　セットシタンダ」

小人――ではない、ハリーは、自慢げに自分の髪をつついた。あちこちねじってつまんである、ハンサムな髪型《かみがた》だ。

「ミツロウハ、ベンリダ。ロウソクニ　ナルシ、カミモ　セットデキルシ、オンナタチガツカウ、ケショウヒンニモナル。クリームトカ、クチベニトカ」

「小人には、女もいるんだね」

ハリーは、また、しまったとばつが悪そうな顔になった。

「ナイショダ」

分かった、分かった。

「みつろうなんか、うちじゃ、あり余《あま》ってるよ」

はち屋では、はちみつと一緒《いっしょ》に、みつろうがたくさんとれる。だけど、そんなに売れないので、固めて黄色いブロックにして、納屋《なや》にどんどん積んでいくだけだ。はち渡りのときに業者さんを呼んで、引き取ってもらう。

「ちょっとくらい持っていっていいよ」

「イイ」

遠慮《えんりょ》ぶかいんだな、と思ったら、ちがった。

「スバコカラ　モラッテル」

「ちゃっかりしてるなぁ」

「スワクカラ　ハミダシタ　ブンダケダ」

働きもののみつばちたちは、巣枠《すわく》いっぱいに巣を作ってしまうと、今度は巣枠の下にフリルを作るみたいにして、まだまだ六角形の巣を増やしていく。

「はちみつも、もらってるんだろ」

「ハミダシタ　ブンダケナ」

ハリーは、しれっとそう言った。

「まあ、いいけど。……ヒコって、ぼくと同じ名前だね」

「アア。デモ、ナマエジャナクテ、ミョウジ　ミタイナモノダ。ハリエンジュノイチゾク　トカ、フサアカシアノイチゾク　トカ、イロイロイル。オトコハ、キノナマエニ『ヒコ』ヲ　タシテ、ミョウジニスル」

どこかで、聞いたような話だった。そうだ。マサ先生が、転校のときに言っていた。

日本神話は、男の神様にヒコがついて、女の神様には――

「もしかして、女には、ヒメってつく？」

ハリーは、うなずきかけて、ぷいっとそっぽを向いた。でも、それで充分だ。

小人の女は、苗字《みょうじ》にヒメがつくのだ！

「ねえ。どうしても、友だちに言っちゃだめ？」

こんなにわくわくすることなんて、なかなかない。ヒメがこの話を聞いたら、すごくすごく、喜ぶだろうに。

「ダメダ。タニンニ　シラレタラ、オレタチハ、ニドト　アエナクナルンダ」

マンガやアニメでも、そういう設定《せってい》はたくさんある。分かってましたよ、ちぇっ。

ふいに、ハリーが窓の外を見た。うちの巣箱があるほうだ。ちょうど、お父さんが森の奥からやってくるところだった。

「ジャアナ。ダレニモイウナヨ」

「ハリー！」

ぼくの声は、ハリーが消え失せる寸前《すんぜん》を、ぎりぎりつかまえた。

「ナンダ」

「また、会えるよね？」

ハリーは、にやりと笑った。

「オマエガ、ヤクソクヲ　マモレバナ」

ぼくは、急いで、おくちチャックの仕草をした。

「ソレデイイ」

そして、ハリーは、今度こそ、ぱっと消え失せた。

やってきたお父さんが、「感心、感心」と言った。

「ゲーム、やってなかったんだな」

ゲームボーイは、電源《でんげん》がつきっぱなしのまま、ほったらかしだった。いつもなら、バッテリーがもったいなくて、絶対そんなことしない。

でも、ハリーとの出会いは、めちゃくちゃにエキサイティングで、ゲームのことなんか、宇宙《うちゅう》のかなたまで吹《ふ》っ飛《と》んでしまった。

むだにしたバッテリーも、全然、惜《お》しくなかった。

消えたハリーは、なかなか現れなかった。

ぼくは、じれったくてそわそわしたが、そんな間に、もうひとつエキサイティングなできごとが起こった。

ヒメと、いっしょに過《す》ごす時間が増えた。

うちと、ヒメのうちが、はちみつの作業をするとき、子供をどっちかでいっしょに預《あず》かることになったのだ。

作業中、子供が一人だけだと、疲れてしまったり、手伝えなかったり、手伝いたくなかったり、とにかく退屈しながら待つことが多い。でも、友だちといっしょなら、退屈がまぎれるだろう、と親同士で話が決まったらしい。

特に、うちの両親は、ぼくが待ち時間にゲームばかりするから、それも気になっていたらしい。

「ヒメちゃんがいっしょだったら、ゲームをやりすぎないでしょ」

お母さんは、名案《めいあん》を思いついたように、そう言った。名案、名案、大名案。

もっとも、ぼくは、前ほどはゲームに夢中にならなくなっていたのだけど。ハリーと出会って、何だかテトリスの速さがかすんでしまった。前は、スピードのレベルを上げることに夢中だったのに、別にそこまでむきにならなくてもいいかなぁ、と思うようになった。

どんなにテトリスをやり込んでも、どうせ、ハリーの速さにはかなわない。それに、ヒメも、そんなにはゲームに興味《きょうみ》がなさそうだった。

ヒメは、はち屋の子供としてデビューした初めての年だったのに、ぼくよりずっとお手伝いをすることに積極的だった。

うちの蜂場に来たときも、車で休憩するのは、たくさんお手伝いをしてからだ。ヒメが、休憩したいと言い出さない限《かぎ》り、ぼくが先にギブアップはできないので、ぼくもお手伝いをたくさんするようになった。

「刺されたら痛《いた》いのに、恐くないの？」

車に戻ってから、ぼくがそうきくと、ヒメは「そりゃあ、恐いけど……」と言った。やっぱり、みつばちに刺されたことは何度もあるらしい。

「みつばちのほうが、もっと恐いから」

ぼくは、「？・？・？・」となってしまった。

「だから、恐くないの？　って話をしてるんじゃないか」

するとヒメは「ちがう、ちがう」と笑った。

「わたしたちより、みつばちのほうが恐いってこと。だって、人間は刺されても痛いだけだけど、みつばちは、刺したら自分が死んじゃうんだよ」

それは、もちろんぼくも知っていた。みつばちの針《はり》は、とっても痛いけど、使えるのは一生に一回だけ。みつばちは、敵《てき》を刺したら、それと引きかえに死んでしまうのだ。

みつばちに刺されたら、針がちぎれて皮膚《ひふ》に残るけど、この針は内臓《ないぞう》が変化したものだ。もし、内臓を引きちぎられたら、人間だって生きてはいられない。

それでも、みつばちは、敵と出会ったら、自分の命を捨《す》てて勇敢《ゆうかん》に戦う。

「みつばちが刺すのは、わたしがみつばちを驚かせて、敵だと思わせちゃってるからでしょう？　本当に敵だったら戦わなきゃいけないけど、はち屋は敵じゃないのに、かんちがいで死んじゃうなんて、かわいそう」

「それは、そうだけど……」

ぼくは、痛いと恐いばかりが先に立って、死んでしまうみつばちのことまでは、考えたことがなかった。はち屋の子供としての経験《けいけん》は、ぼくのほうが長いけど、はち屋としての意識は、ヒメのほうが上のような気がした。

「だから、もっとみつばちに慣《な》れて、みつばちを驚かさないようになりたいなって。うちだって、お父さんはまだ新米だから、よく刺されるけど、おじいちゃんはほとんど刺されないし」

ヒメのおじいちゃんは、物静《ものしず》かであまりしゃべらない人だが、はち屋の大・大・大ベテランだ。軽い作業のときは、はちよけの帽子をかぶらないですませてしまう。うちのお父さんもかなりのベテランなので、あまりかぶらないが、ヒメのお父さんは、いつもしっかりかぶっている。

「わたしも、大人になったらはち屋を継《つ》ぐんだから、慣れないと」

ヒメの言葉に、ぼくはびっくりした。当たり前のように、はち屋を継ぐと言ったことに。

ぼくはそれまで、将来《しょうらい》のことなんか、ちっとも考えていなかった。それなのに、ヒメはもう、はち屋を継ぐと、はっきり言い切ったのだ。

「はち屋を継ぐの？」

思わず、そうきくと、逆《ぎゃく》にびっくりされてしまった。

「継がないの？」

「分かんない……考えたことなかったから」

ヒメは、ちょっと残念そうに、「そっかぁ」と言った。

「でも、もし、将来はち屋になったら、よろしくね」

自分でも単純だと思うけど、そのときまでぼんやりしていた未来の中に、はち屋になるという可能性《かのうせい》が、初めて浮《う》かび上《あ》がってきた。

ヒメが、残念そうな顔をしてくれたことが、めちゃくちゃきいていた。

将来、はち屋になりたいヒメは、はち屋につながる話は何でも喜んだ。そこは、ぼくのはち屋の子供としての経験を生かすことができた。花や木のことなら、ぼくのほうがまだまだくわしい。

「シコロってこの本にのってないね」

ヒメがそのときめくっていたのは、ぼくのお父さんの樹木図鑑《じゅもくずかん》だ。植物図鑑とセットでいつも車に積んである。ヒメは、お父さんの図鑑を気に入っていて、うちの蜂場に来るときは、休憩のとき、いつも読んでいた。

シコロというのは、シナノキと同じく、北海道に多い蜜源植物の木だ。花期は、クローバーと同じころ。シナノキの時期には、たいていもう終わっている。

「シコロではのってないかも。貸《か》して」

ぼくは、ヒメから図鑑を受け取って索引《さくいん》を調べた。調べたのは、サ行のシコロではなく、カ行のキハダ。

やっぱり、キハダでのっていた。

「ほら、これだよ」

ヒメは、「キハダ?」と首をかしげた。

「シコロっていうのは、北海道や東北の呼び方で、正式な名前は、キハダなんだよ」

はち屋は、シコロと呼ぶ人が多い。うちもそうだし、ヒメの家もそうだった。いろんな土地を渡《わた》り歩《ある》くはち屋は、花や木にその土地の呼《よ》び名《な》がついていたら、土地の呼び名で呼ぶことが多い。シナノキだって、ボダイジュと呼ぶはち屋は、あまりいない。

お客さんに、はちみつを売るときは、分かりやすいほうがいいから、ラベルには正式な名前を書くこともあるけど、北海道で売るときは、やっぱりシコロ蜜だし、シナノキ蜜だ。

「キハダのほうが正式な名前なのに、どうしてキハダって呼ばないのかな? キハダだったら、自分で探《さが》せたのに」

ヒメは、自分で図鑑を探せなかったことが、ちょっぴりくやしかったらしい。けっこう負けずぎらいなのだ。

「うーん。でも、やっぱりぼくは、シコロっていうほうがピンとくるな」

「でも、正式な名前は、キハダでしょ？」

「そうだけど……」

「なら、キハダでよくない？」

「キハダっていうと、よそゆきな感じで落ち着かないや。みんなシコロって言ってるし、シコロでいいと思うよ」

そのときは、自分の感覚でしか説明できなくて、「それに、シコロって名前のほうがかわいくない？」と、ヒメの疑問《ぎもん》を押《お》し切《き》ってしまった。

これは、大人になってから何となく思ったことだが、行く先々の土地で花を借りるはち屋が、無意識《むいしき》のうちに、その土地に敬意《けいい》をはらっているのかもしれない。

日本の養蜂《ようほう》は、飛鳥時代《あすかじだい》に始まったといわれる。昔のはち屋が、蜜源植物を覚えるとしたら、その土地の人が教えてくれる呼び方で覚えたはずだ。だから、はち屋がその土地の呼び方で草木を覚えるのは、自然なことなのだろう。

ヒメは、口の中で「シコロ、シコロ」と何度か唱えて、にっこり笑った。

「うん。やっぱり、シコロのほうがかわいいかも。慣れてて言いやすいし」

ヒメが納得してくれたので、ぼくはうれしくなった。

「キハダの名の由来は、木の皮をはぐと、あざやかな黄色が現れるため……」

図鑑の説明を読み上げていたヒメが、ぼくのほうへ図鑑を向けた。

「ヒコくんは、見たことある？」

ヒメが指さしたのは、丸太になって木の皮をはがれたシコロの写真だ。

「ないよ」

はち屋が用があるのは花なので、切った材木を見る機会はあまりない。

「花なら、分かるけど」

シナノキと似た、白っぽい線香《せんこう》花火みたいな花だけど、花粉を持った雄《お》しべがシナノキよりもくっきり黄色い。木の中身が黄色いのと何か関係があるのだろうか。はちみつの色も、きれいなレモンイエローだ。

シコロのはちみつは、あっさりしている。クセのなさは、アカシアに似ているから、料理には使いやすいけど、アカシアとちがって、とても固まりやすい。シコロは固まるものだ、と、うちのお母さんは割《わ》り切《き》って使っている。香りは、ほんのり干《ほ》し草《くさ》っぽいような、薬草っぽいような。みかんの香りに似ているという人もいるけど、ぼくはいつも干し草を思い浮かべる。

「シナノキも、シコロも、本州だとそんなに人気がないよね」

「うん。やっぱり、アカシアとレンゲがぶっちぎりで人気かな。シナノキは、クセがあって苦手っていう人が多いよ」

「わたし、シナノキが一番好きなんだけどなぁ」

ふわっと、胸の中が軽くなるようなうれしさがこみ上げた。

「ぼくも、シナノキが一番好きなんだ」

「ほんと？」

ヒメも、うれしそうな声を上げた。

あいつは、どのはちみつが一番好きかな。――思い浮かべたのは、ハリーのことだ。

約束を守れば、また会えるって言ったじゃないか。ぼくは誰にもしゃべってないぞ。本当は、ヒメに教えてあげたくて仕方ないのに、ちゃんと我慢《がまん》してるんだぞ。

もう、かれこれ一週間になっていた。ハリーとの出会いは、まるで夢《ゆめ》のようにふしぎですてきだったので、もしかして本当に夢だったんじゃないかと、ぼくは心配になっていた。

「小人って、本当にいるのかなぁ……」

それは、胸の中で呟《つぶや》いたつもりだった。

「ヒコくん、今、何て？」

ヒメにきき返されて、ぼくは胸の中の呟きが声にもれてしまっていたことに気がついた。

ひやっと胸の芯《しん》が冷たくなった。――まずい。

誰かにしゃべってしまったら、ハリーには二度と会えない。

「何て言ったの？」

ぼくが答えなかったからか、ヒメはもう一度きいた。まっすぐにぼくを見つめていた。お人形さんみたいなぱっちりした目で、ぼくの心を見透《みす》かすように。

うっかり何かしゃべったら、ハリーのことがばれてしまうんじゃないか。どきどきして、ぼくは何もしゃべれなかった。

すると、ヒメのほうが口を開いた。

「小人って、もしかして、コロボックルのこと？」

「コロボックル？」

聞き慣れない言葉に、ぼくはぽかんとした。すると、ヒメはちょっとがっかりしたような顔をした。

「知らないの？　北海道で小人っていったら、コロボックルじゃない」

「ごめん。知らないや」

なーんだ、とヒメはまっすぐな瞳《ひとみ》をぼくから外した。

「ヒコくんも、知ってるかと思ったのに」

「コロボックルって、何？」

「アイヌ民族の昔話に出てくる、小人のことだよ。アイヌ語で、ふきの葉の下の人って意味」

「ふきの葉の下？」

ふきなら、北海道にはいっぱい生えている。小さいふつうのものから、ぼくがかさの代わりにできるような大きなものまで。大きなものは、ラワンぶきとか、アキタぶきといって、ふつうのふきとは種類がちがうのだ。

でも、ふつうのふきでも、北海道ではとにかく強くて多い。まるで、雑草《ざっそう》みたいに。ぼくたちの暮《く》らす小さな町でも、道ばたでアスファルトをやすやすと突《つ》き破《やぶ》って、ぐいぐい生えていた。

「ふきの葉の下に、数百人も隠《かく》れていたこともあるんだって」

きっと、ラワンぶきのほうだ。ハリーも小人だから小さかったけど、さすがにふつうのふきの葉の下には、せいぜい数十人しか隠れられないだろう。

ハリーは、もしかすると、コロボックルなのかもしれない。何しろ、北海道に住んでいる小人なんだし。昔のアイヌの人たちは、ハリーの仲間を見て、コロボックルと名づけて言い伝えたのかもしれない。

そういえば、ハリーの着ていた服も、アイヌの民族衣装《いしょう》によく似ていた。

ハリー。君の正体に、少し近づいたぞ。自分で調べたんじゃなくて、ヒメのおかげだけど。

「ヒメは、どうしてコロボックルを知ってるの？」

「コロボックルのことを書いた、物語の本があるの。『だれも知らない小さな国』」

答えたヒメは、またじっとぼくの目を見つめた。まるで、吸《す》い込《こ》まれそうな瞳で、さっきとはちがった意味で、ぼくはまたどきどきした。

「ほんとうに、知らない？」

「うん。初めて聞いた」

ヒメが、またがっかりした顔になってしまったので、ぼくはあわてて付け足した。

「でも、おもしろそうな題名だね」

「そうでしょう？」

がっかりした顔から、ヒメは一転、笑顔《えがお》になった。やっぱり、ヒメは笑っているほうがいい。

「学校の図書室にもあったよ」

「ヒメは、学校で読んだの？」

「うちは、ずっと前から家にあったの。どこの小学校でも、図書室に大体入ってるから、旅には持ってきてないけど」

ヒメが言うには、何度読み返しても、全然、飽《あ》きないくらい、おもしろいらしい。

「へえ。ぼくも、読んでみようかな」

何の気なしの呟きだったが、ヒメは目をきらきらさせた。

「それがいいよ！　わたしも、ヒコくんとコロボックルの話、したい！」

読もう。

ぼくは、その瞬間、決意した。一刻《いっこく》も早く、読もう。

字がみっしり並《なら》んだ物語の本は、読むのが面倒くさくて、今まであまり興味がなかったけど、ヒメがこんなきらきらの目で、読んでほしいと言うなら、読むしかない。

それにハリーがコロボックルだとしたら、その本を読めば、ハリーの正体にももっと近づけるかもしれない。

これこそ、正に、一石二鳥《いっせきにちょう》というやつだ。ぼくは、ヒメにもハリーにも、石を投げたりしないけど。


次の日は、山での作業じゃなくて、家での仕事だった。

ぼくたちはち屋は、行く先々で、作業場がついた家を借りる。会社になっている大きなはち屋さんでは、従業員《じゅうぎょういん》が何人も泊《と》まり込《こ》むので、合宿所みたいなものかもしれない。

山に行かない日は行かない日で、お父さんとお母さんは、こまごまといそがしい。

お父さんは巣箱を直したり、はちみつを濾過《ろか》してきれいにしたり、みつろうを作ったりするし、お母さんはそれを手伝いながら、事務《じむ》や出荷《しゅっか》の作業をする。

直接《ちょくせつ》、うちにはちみつを買いにくるお客さんもいる。この時期に、うちがはちみつとりをすることを知っている地元の人が、買いにくるのだ。そういう人は、出荷用の大きな瓶《びん》を、ひとりで何本も買っていく。業者を通さない分、安くしてあげられるので、一年分のはちみつを買いだめするのだ。はちみつは腐《くさ》らないので、一年分くらいは余裕《よゆう》で買いだめできる。北海道のお客さんには、やっぱりシナノキが人気だ。

その日も、毎年の常連《じょうれん》さんが来た。いつもお墓参《はかまい》りの帰りに寄《よ》るという、裁判官《さいばんかん》のおばさんだ。ぼくと同じくらいの甥《おい》っ子がいると聞いていたが、その年はその甥っ子も車に乗っていた。はちみつを作るところが見たいというので、親から預かって連れてきたらしいが、結局その子は車から降りてこなかった。

「はちが飛んでるから、恐いんですって」

気持ちは分かる。はち屋の庭には、みつばちだけじゃなく、いろんなはちが飛び回っている。庭に積んである巣箱のはちみつのにおいにひかれて、集まってくるのだ。

小さいくせに、刺すとみつばちよりも痛いしまばち。丸っこいくまんばち。ぶらりと長い足をぶら下げたあしながばち。一番恐いのは、庭で休ませてあるみつばちを、食料として狙《ねら》いにくるすずめばちだ。

そんなのが、気軽にその辺をブンブン飛び回っているのだから、しろうとの子供にはちょっと厳《きび》しい環境《かんきょう》だろう。お気の毒さまでした。

でもまあ、作業場で見られるはちみつの作業なんて、濾過くらいだから、それほどおもしろいものでもない。

常連のおばさんは、毎年のとおり、シナノキのはちみつの大瓶《おおびん》を二本買った。二本買うのは、甥っ子の家の分らしい。

「シナノキのはちみつって、内地じゃ売ってないのよねぇ」

北海道の人は、本州のことを内地と呼ぶ。

「だから、ここで買っておかないと」

常連のおばさんが帰ってから、ぼくはお母さんに声をかけた。

「学校に行ってくるね」

「もうすぐお昼ごはんよ。食べてからにしたら？」

お母さんは、ぼくが学校の友だちと遊ぶと思ったらしい。夏休み中も、校庭が開放されているので、友だちと遊ぶときは、たいてい学校だ。

「ううん。図書室に行くだけだから」

町にも図書館はあるが、ぼくの家からだと学校のほうが近い。職員室《しょくいん》の先生に言えば、夏休み中も本を貸してもらえることになっている。ぼくは、自転車を飛ばして学校に向かった。

職員室に行くと、マサ先生がいた。

「マサ先生」

「おや、ヒコくんじゃないか」

マサ先生は、「どうしたんだい」と相変わらず男っぽい口調で、ぼくのほうへやってきた。

「図書室の本を借りてもいいですか？」

「いいよ。ただし、引《ひ》っ越《こ》す前に返しにきてくれよ」

マサ先生は、図書室の鍵《かぎ》を持って、ぼくといっしょに図書室へ行ってくれた。

「何を借りるか決まったら、また呼びにきておくれ」

戻ろうとしたマサ先生を、ぼくは「もう決まってるんです」と呼《よ》び止《と》めた。

「『だれも知らない小さな国』って本なんですけど、どこにあるか分かりますか？」

「おっ。コロボックルデビューかい？」

「先生も、知ってるんですか？」

「『コロボックル物語』シリーズだろう？　もちろんだとも。名作だよ」

シリーズになっているとは知らなかった。マサ先生は、探すそぶりもなく、本棚《ほんだな》にぼくを案内してくれた。

本棚には、『だれも知らない小さな国』をはじめに、全部で四冊《さつ》のコロボックル物語が並んでいた。『豆つぶほどの小さないぬ』、『星からおちた小さな人』、『ふしぎな目をした男の子』……後に、もう二冊シリーズが続くことになるが、そのとき出ていたのは、その四冊までだった。

最初、『だれも知らない小さな国』だけ借りようとしたぼくに、マサ先生は言った。

「悪いことは言わないから、全部借りときなさい。夏休み中は五冊まで借りられるんだから」

「でも、引っ越しまでに全部読めるか分からないし」

「読み切れなかったら、返しにくればいいさ。福岡に帰ってから、読み切れなかった分を図書館で借りたらいい。コロボックルを置いてない図書館なんて、ないんだから」

半ば、マサ先生に押し切られるようにして、ぼくは『だれも知らない小さな国』からはじまるシリーズを全部借りた。

そして、マサ先生のすすめは、結果的に大正解《だいせいかい》だった。

お昼ごはんを食べ終わってから、ぼくは『だれも知らない小さな国』を読みはじめた。

物語の時代は古くて、主人公の「せいたかさん」は、太平洋戦争がはじまる前に生まれた子供だった。

でも、古くささはまったく感じなかったし、読みにくさもまったく感じなかった。ぼくと同じ小学校三年生のせいたかさんは、ぼくとまったく変わらない、同い年の子供だった。

ちがうのは、夢中になっているものが、テトリスか「とりもち」かということくらいだった。もちの木の皮をさらして、とりもちを作ることが、子供たちの間に流行《りゅうこう》していたのだ。

最初のページで、せいたかさんが説明するとりもち作りは、せいたかさんのみずみずしい語り口調のせいもあって、現代《げんだい》のぼくが読んでも、とてもおもしろそうだった。ぼくも、もちの木を探して、とりもちを作ってみようかと思ったくらいだ。ヒメを、誘《さそ》ってみようかな……

せいたかさんは、ガキ大将がみんなで探したもちの木をひとりじめしてしまって、ぽっちりのとりもちしか分けてもらえないので、自分だけのもちの木を探そうと思い立つ。

そうして、すてきな、秘密基地《きち》のような小山を見つけるのだ。せいたかさんは、その小山で、さまざまな大切な人と出会う。村に伝わる小人の話を教えてくれる野菜売りのおばあさん。小山に迷《まよ》い込《こ》んできた小さな女の子。

そして、女の子が川に流してしまった、小さな赤い運動靴《ぐつ》の中から手を振っていた、小指ほどしかない小さな人——

ぼくは、夢中でページをめくった。こんなにぐいぐい早く読める本は、初めてだった。もっと、もっと、もっと、読みたい。

いっそのこと、この本の中に入りたい。

……読み終わると、もう夕方だった。

「あら、終わったの？」

洗濯《せんたく》ものを抱《かか》えて通りかかったお母さんが、そう声をかけた。

「おやつにシュークリームがあるけど、もうすぐごはんだから、デザートにしなさいね」

お母さんが言うには、三時のおやつを出して、何度も呼んだけど、聞こえていないようだったから、冷蔵庫《れいぞうこ》にしまったという。（これがごはんで、ゲームだったら、見逃《みのが》してもらえないけど、本で、おやつだったから、お目こぼしされたらしい）

ということは、ぼくは、テトリスをやっているとき並《な》みに、この本に集中していたことになる。

しかも、その集中は、テトリスよりもずっと豊《ゆた》かだった。

黒一色の活字《かつじ》から、色あざやかな物語の世界が立ち上がり、目を通して、脳《のう》を通して、ぼくのからだのすみずみにまで、ひたひたに満たされていた。

ぼくは、本をぱたんと閉《と》じて、呟いた。

「なんだい、こりゃあ」

この人は——『だれも知らない小さな国』を書いた、佐藤《さとう》さとるという人は、一体、何なんだ。

コロボックルを、知っているとしか思えない。それほど、コロボックルについての書き方が、細かくて、くわしかった。

知っていて、見ながら書いたとしか、ぼくには思えなかった。だって――

コロボックルは人間と同じ言葉を使ってるけど、小さくてすばしこいコロボックルは、言葉もとても早口だから、ふつうにしゃべると「ルルルルッ」という音色にしか聞こえない。そんなこと、実際《じっさい》のコロボックルを知らなくて、どうして書けるというのだ。

ハリーも、ぼくと話しているとき、一度「ルルルルッ」となった。ふつうにしゃべったら、早すぎて人間には聞き取れないのだ、と。

ぼくは、ハリーに会ったから知っていた。でも、想像《そうぞう》だけで書いていて、そんなこと、分かるわけがないじゃないか。想像だけで、こんなことまで分かるなら、この人はとんでもない天才だ。

いや、天才を通《とお》り越《こ》して、バケモノだ。

それに、名前の法則《ほうそく》だって、ハリーに聞いたそのまんまだった。男は一族の木の名前にヒコとつけて苗字にして、女はヒメとつけて苗字にする。本名のほかに、ニックネームがあることまで、そっくりそのまま。

ぼくにとっては、この人がバケモノじみた天才であるというより、コロボックルを知っていると考えるほうが自然だった。

でも、そんな疑問は後回しだ。ぼくは、すぐさま続編《ぞくへん》の『豆つぶほどの小さないぬ』を開いた。

マサ先生の言うとおりだった。『だれも知らない小さな国』しか借りていなかったら、ぼくは今夜、じりじりして眠《ねむ》れなかっただろう。

こんな色あざやかな世界を、からだのなかにそそぎ込《こ》まれて、その世界の続きが図書室にあると知っているのに、すぐに読めないなんて、拷問《ごうもん》だ。

『豆つぶほどの小さないぬ』は、途中でお母さんに食卓《しょくたく》に連行された。呼ばれたのに、あんまりにも聞こえないので、最後は耳を引《ひ》っ張《ぱ》られたくらいだ。

ごはんを超《ちょう》特急で食べて、デザートのシュークリームを味わいもせず飲み込んで、また本へ。

(こんなにもったいないシュークリームの食べ方をしたのは、後にも先にもこれっきりだ)

お風呂《ふろ》に入ったのは、夜十一時に近かった。いつもは九時までに入るが、お父さんが「大目に見てやれ」とお母さんを止めてくれたのだ。

「その代わり、続きは明日にしなさいよ」

お母さんはそう言って、『コロボックル物語』を全巻《ぜんかん》、没収《ぼっしゅう》してしまった。よく分かっている。まだ読んでいない巻《かん》だけ取り上げたら、ぼくはきっと、『だれも知らない小さな国』と『豆つぶほどの小さないぬ』を読み返して、夜ふかししていたにちがいない。


幸いなことに、次の日からは雨が何日か続いた。雨の日は、みつばちも動かないので、山での仕事はお休みだ。

ぼくは、三巻目の『星からおちた小さな人』と、四巻目の『ふしぎな目をした男の子』を読み、それからまた、シリーズを最初から読み返した。

読めば読むほど、作者はコロボックルを知っているとしか思えなかった。

小人の物語を書くとして、小人がくもの糸をロープ代わりに使うことまでは、誰もが考えつくだろう。でも、そのままではべたべたするから、灰《はい》のあくの汁《つゆ》につけて、粘りを取る処理《しょり》をする、なんて、そんな細かいことまで、気が回るものだろうか?

電気技師《ぎし》だったせいたかさんの力を借りて、コロボックルの国に電気を引く。ここまでなら、まあ分かる。だけど、人間の使う電気だと、コロボックルには大きすぎるから、変圧機《へんあつき》で電圧《でんあつ》を変える、なんてことまではどうだろう？

しかも、物語の文章は、頭で考えてそういうことを書いている気配がしなかった。知っていることを、知っているままに、ふつうに書いているだけのような感じがした。

次に会ったとき、ヒメは、きらきらした瞳で、きいてきた。

「読んだ？」

ぼくがうなずくと、「どうだった？」と重ねてきいた。

「おもしろかった」

それしか言えないことが、苦しかった。

「そうでしょう⁉」

ヒメが、はしゃいだ声を上げたから、余計《よけい》にだ。

「わたし、大好きなの！　お父さんもお母さんも読んでて、ヒメも気に入ってくれたらうれしいなって、うちにあった本を全部わたしにくれたの！」

ヒメのうちは、家族ぐるみで『コロボックル物語』が大好きなのだという。ヒメという名前も、コロボックルからつけたそうだ。

「男だったらヒコ、女だったらヒメって決めてたんだって。だから、わたしが男だったら、ヒコくんと同じ名前になってたんだよ」

ヒメは、うれしそうに、そう言った。

そんなにまでも、原田一家はコロボックルが好きなのに——ハリーのことを、話してやれないなんて。

まるで、うそをついているようで、ひどく後ろめたかった。

ハリーが再《ふたた》び現れたのは、そろそろシナノキが終わる頃だった。

少しくもった日の昼下がりで、ぼくは自分の部屋で、良心の宿題として『なつやすみの友』をやっていた。

コロボックル物語は返した後だったが、コロボックル物語を読んだおかげで、コロボックルの動き方が分かっていたので、ハリーが現れたときは、すぐ気がついた。

コロボックルが動くときは、小さな黒い影が、こおろぎみたいにすばやく跳《は》ねたように見える。『なつやすみの友』に向かっていたぼくの視界《しかい》の端《はし》で、シュッと小さな影が跳ねたのだ。

「ハリー！」

ぼくが呼ぶと、ハリーは『なつやすみの友』の上にぽとりと落ちて、「ヨウ」とかっこつけて片手《かたて》をあげた。

「ダイブ、メガハヤクナッタナ」

「おかげさまでね」

ぼくはシャープペンシルを置いた。

「ハリーがいない間に、『だれも知らない小さな国』のシリーズを読んだよ」

ハリーの表情《ひょうじょう》が、ふっと引きしまった。

「ハリー。君は、コロボックルなんだろう？」

「アア、ソウダ」

ハリーは、あっさり認《みと》めた。

「アノホンヲ　ヨンダトイウコトハ、コロボックルノコトハ、タイガイワカッテルワケダナ」

「ああ」

コロボックル物語を読んだら、コロボックルのことは、何もかも分かる。暮らしかた、風習、文化、すべて。

「あれは、君たちのことを知ってる人が書いたんだろう？」

「アア」

「佐藤さとるさんって、どんな人なの？」

「シラナイ」

ぼくは、くちびるをとがらせた。

「そこで、しらを切ることないじゃないか。君たちの知り合いなんだろう？」

「シラナイモノハ　シラナインダ」

ハリーは、意地を張っている様子でもなかった。どういうことだ？

「サトウサトル　トイウヒトガ、コロボックルノコトヲシッテルノハ、タシカダトオモウ。ダガ、オレタチハ、サトウサトルノコトハ　シラナインダ」

よく聞くと、ハリーたちにとっても、『だれも知らない小さな国』のことは衝撃だったらしい。

「ダッテ、オレタチノコトガ、コトコマカニ　カカレテルワケダカラナ」

ハリーの国では、人間の前に姿《すがた》を現すことは、厳しく禁《きん》じられていて、ずっと人間から隠れて生きてきたという。それこそ、せいたかさんと出会う前のコロボックルたちのように。

最初は、誰かがおきてを破《やぶ》って、人間と知り合い、コロボックルのことを話したんじゃないかと大騒《おおさわ》ぎになったそうだ。

「ダガ、ヤッパリ、ソンナ　フトドキモノハイナカッタ。ソレニ、オレタチノコトヲ　カイタノナラ、ハチヤノコトガ　デテコナイノハ　オカシイ」

「どういうこと？」

「オレタチノクニハ、アルハチヤノ　ホウジョウノソバニアル。ダカラ、ハチミツヤ　ミツロウヲ　ヨクリヨウスルシ、ミツバチレースモ　サカンダ」

「待って待って、みつばちレースって何？」

そんなこと、コロボックル物語には出てこなかった。

「スバコノマワリノ　ミツバチノセナカヲ　トビウツリナガラ、ドコマデ　タカクノボレルカ、キソイアウ　スポーツダ」

「人んちのみつばちで、そんなことを……」

「セナカヲフムノハ　イッシュンダカラ、ケガハサセナイ」

「まあ、いいけどさ」

そんな競技《きょうぎ》は、蜂場のようにみつばちがよく群《む》れている場所がないと、無理だ。つまり――

「『だれも知らない小さな国』の中に出てくるコロボックル小国には、蜂場がない……？」

「ソウカンガエルノガ　シゼンダ。サトウサトルガシッテルノハ　オレタチノクニジャナクテ、ヨソノクニダ」

そういえば、『だれも知らない小さな国』では、元は北海道にいたコロボックルが、いたずらなアイヌ人にはずかしめを受け、一族こぞって他国へ移《うつ》ってしまったと書いてあった。

そうだ。だとすれば、本当はコロボックルが北海道にいるわけがない。

じゃあ、ハリーは？

「オオムカシ、コロボックルガ　ホッカイドウヲ　デテイッタトキ、ノコッタモノモ　イタンダ。カラダガヨワカッタリ、ケガヲシテイルコロボックルハ、タビガデキナカッタカラ。オレタチノセンゾハ、ソノトキ　ノコッタコロボックルナンダ」

旅ができないほど弱ったコロボックルだけが残された国を、ハリーの先祖《せんぞ》が立て直すまでには、たいへんな苦労があったという。

「タビニデタ　コロボックルノユクエハ　フメイダト、オレタチニハ　イイツタエラレテイルガ……『ダレモシラナイチイサナクニ』ニ　カカレテイルノハ、タビニデタ　コロボックルタチガツクッタ　クニダトオモウ」

「そういうことか……」

じゃあ、佐藤さとるさんも、ハリーたちの国は知らないのだ。

そのとき、ふと気がついた。

「君たちは、どうやって『だれも知らない小さな国』のことを知ったの？」

まさか、図書館で借りるわけにもいかないし、忍《しの》び込《こ》んでこっそり読もうにも、コロボックルの力では、そもそも本棚から引《ひ》っ張《ぱ》り出《だ》すこともできない。

「ソレモ　ハチヤノオカゲダ」

数十年前に、ハリーの国のはち屋に子供が生まれ、その子供が大きくなって『だれも知らない小さな国』を読んでいたのだという。

「タマタマ　カリニデテイタ　コロボックルガ、コッソリイッショニ　ヨンデタンダ。ソレデ、コロボックルノコトガ　アマリニモ　クワシクカカレテイルノデ、オオサワギニナッタ」

だが、どうやら自分たちの国のことではないということが分かり、ハリーたちは、本の内容《ないよう》を逆に参考にするようになった。特に、人間との関わりかたを。

「ニンゲンノミカタヲ　ツクッテオイタホウガ、イザトイウトキ　アンシンダッテ、ハナシアイデ　キマッタンダ」

つまり、ハリーの国は『だれも知らない小さな国』を参考にして、人間の「トモダチ」作りを始めたのだ。

「オレハ、ソノヤクメニ　エラバレタ」

「それで、ハリーは、ぼくを選んだわけだね」

「アア」

「どうして？」

「ヒミツダ」

またか。ハリーがこのモードに入ったら、口を割《わ》らないことは分かっている。

「デモマア、オマエノコトガ　キニイッタカラダヨ」

うれしいことを言ってくれる。でも――

「ハリーが選ぶべき人は、ほかにいたよ」

「ホカニ　ダレガイルッテ　イウンダ」

「ヒメだよ」

家族ぐるみでコロボックル物語が大好きなヒメこそ、ハリーの友だちにふさわしかった。

「タシカニ　アノコハ　イイコダケド――」

「だろ？」

「シカタナイダロ、オレハ　ヒコガ　ヨカッタンダカラ」

「今からでも代わってあげるわけにはいかないの？　ヒメはきっと、ハリーと友だちになれたら、すごく喜ぶよ」

するとハリーはむっとした顔をした。

「ヒコハ　ウレシクナイノカ」

「うれしいさ！　君と会えて、すごくうれしかったさ！　でも、コロボックルをぼくより前から好きだったのは、ヒメなんだ」

ぼくは、コロボックル物語のことだって、ヒメに教えてもらうまで、ちっとも知らなかった。本をあまり読まないぼくは、ヒメと出会わなかったら、一生知らないままだったかもしれない。

「ハリーと友だちになれてうれしいけど……ぼくは、自分に、ハリーに選んでもらう資格《しかく》があるとは思えないんだ」

コロボックルと友だちになる資格があるとしたら、それは、ぼくより、圧倒的にヒメだ。話しながら、ヒメが友だちになるべきだという思いは、どんどんふくらんだ。

「オレノ『トモダチ』ニナル　シカクハ、オレガキメル」

「だけど、コロボックルのことを本当に理解《りかい》できるのは、きっとヒメだよ。コロボックル全体のことを考えるなら、ヒメを選ぶべきだ。ヒメは、お父さんとお母さんも、コロボックルのことが好きだから、もしものことがあったときも、きっと力になってくれる」

「オヤハカンケイナイ。オレハ、ヒコト『トモダチ』ニナリタイト　オモッタンダ」

「でも……」

「ヒコハ、オレト　トモダチニ　ナリタクナイノカ⁉」

爆発《ばくはつ》したように、ハリーが叫《さけ》んだ。ぼくは、声にひっぱたかれたように、息を呑《の》んだ。

ハリーの言葉は、それから「ルルルッ」になった。何をまくし立てているかは分からないが、怒っていることだけは分かる。

最後に、

「モウイイ！」

それだけ怒鳴《どな》って、消えた。消えてしまった――

たいへんなことをしてしまった、という思いは後から追いついてきた。目から、ぼろぼろ涙《なみだ》がこぼれた。

コロボックルがゆっくりしゃべるには、訓練が必要だって、本で読んだじゃないか。ハリーは、ぼくとしゃべるために、ゆっくりしゃべる訓練をがんばってきたにちがいないのに。

そんな訓練をしてまで、ぼくと友だちになりにきてくれたのに、ぼくは、ハリーを突《つ》き放《はな》してしまった。

ハリーは、もう、ぼくの前には現れてくれないかもしれない。そのことも悲しかったが、もう会えないかもしれないハリーを、最後に傷つけてしまったことが、もっと悲しかった。

「ごめん、ハリー！　ごめん！　ごめん！」

せめて、聞いていてほしいと声を張《は》り上《あ》げた。もう、外に出てしまったかもしれない。ぼくは窓を開けて、外に叫んだ。

「ハリー、ごめん！　ごめん！　ごめん！」

お母さんが、びっくりして、ぼくの部屋に駆《か》けてきた。

「どうしたの、ヒコ！」

ぼくは、お母さんの顔を見るなり、お母さんにすがりついて、大声で泣いた。何でもない、と言いながら、泣きじゃくった。

お母さんは、びっくりしたまま、ぼくを受け止めて、背中を叩《たた》いてくれた。

ぼくは、生まれて初めて、「取り返しがつかない」ということを知った。

消えたハリーは、現れなかった。
現れないまま、シナノキが終わり、福岡へ戻るはち渡りの日が決まった。

原田家は鹿児島《かごしま》だ。いっしょに手伝いの人を頼んで、一気に渡りをすることになった。

「ヒコくん、どうしたの？」

子供が蜂場に行くのはこれが最後、という日、ヒメがそう問いかけてきた。

「最近、ずっと、泣きそうな顔してるよ」

目に涙が盛《も》り上《あ》がりそうになったが、ぐっとこらえた。

大事な友だちと、けんかしちゃったんだ。もう会えないかもしれないんだ。それなのに、最後に傷つけちゃったんだ。

胸の中でうずまく言葉を押《お》さえ込《こ》んで、「何でもないよ」と笑った。

ヒメは、それ以上は何もきかなかった。


渡りの日は、あわただしいので、子供が手伝えることは何もない。みつばちを弱らせないように、迅速《じんそく》に、神速《しんそく》で、作業を進めなくてはいけないからだ。

ぼくとヒメは、ぼくの家でいっしょに待つことになった。一軒《けん》の家に固めておけば、付《つ》き添《そ》いの大人も一人ですむからだ。

「わたし、ヒコくんの言うこと信じて、『なつやすみの友』しかやらなかったよ」

ヒメが、いたずらっぽくそう言った。

「もし、二学期に怒られたら、ヒコくんのせいだからね」

「大丈夫だよ。絶対、怒られないから」

そんな、何てことない話をしながら、夕方を待つ。

「ちょっとでも、捨てばちが少ないといいね」

くもりの予報《よほう》だったのに、晴れてしまった。渡りにとっては、悪い天気だ。

やがて日が落ち、夜になり、うちの庭に二台のトラックが入ってきた。うちのトラックと原田家のトラックだ。

「はい、二人とも、急いでね！」

お母さんが、ぼくたちをせき立てた。トラックは、倉庫で最後の荷物を積んで、すぐ出発だ。ぼくとヒメと、二人のお母さんは、一夏借りていたレンタカーを空港で返して、飛行機で九州に向かうことになっていた。

ぼくたちが、荷物を持って子供部屋《こどもべや》を出ようとしたときだった。


ヒ・コ！


声がした。

ぼくは、首がどうにかなりそうな勢《いきお》いで、振り返った。

備《そな》えつけの机《つくえ》の上で、小さな影がこおろぎみたいに、跳ねた。

何度も、何度も。

ぼくが、最後に傷つけてしまったままの、小さな小さな友だちだった。

「マタ、コイヨ！」

そう叫んで、シュッと消えた。

HIRO

ぼくの目は、ぶっ壊れてしまったように、涙が止まらなくなった。

のどに大きなかたまりが詰《つ》まって、声が出ない。声が出ない分、うなずいた。

何度も、何度も。

やがて、ヒメが、ぼくの腕をぎゅっとつかんだ。ヒメも、いっしょに見たのだ。

ハリーは、ぼくとヒメとに、姿を見せてくれたのだ。ヒメにも姿を見せてくれたのは、ハリーからの仲直りのしるしだ。

まだ、たった二回しか会っていないけど、ハリーに確かめなくても、それが分かった。

ハリーとぼくは、友だちだから。

「絶対、誰にも、言ったらだめだよ」

はしゃぐかと思ったら、ヒメの声は、押《お》し殺《ころ》したように低かった。

腕をつかんでいた手が、ぼくの手元に下りて、ぼくの手を強く握《にぎ》った。

「大人になるまで、誰にも」

せいたかさんのコロボックルは、小学校三年生のときに一度姿を見せたきり、大人になるまで姿を現さなかった。

せいたかさんがどんな大人になるか、ずっと見守りながら、待っていた。

ヒメも、せいたかさんになるつもりなのだ。

「分かってる」

ぼくは、ヒメの手を強く握り返した。

ハリー。やっぱり、ヒメは強い味方になるよ。ぼくも、ヒメも、絶対にハリーを裏切《うらぎ》らないよ。

ぼくたちは、何があっても、コロボックルを守るよ。

たくさんたくさん、話したいことを抱えて、後《うし》ろ髪《がみ》を引かれながら、ぼくは、ヒメとお母さんたちとで、レンタカーに乗り込んだ。

こうして、ぼくの小学校三年生の夏は、終わった。

第三章　新しい友だち

福岡《ふくおか》に帰ってからも、ヒメとはときどき会うことができた。

お父さんと原田《はらだ》さんが仲良くなったので、養蜂《ようほう》の勉強会がてら、お互《たが》いの家をたずねるようになったのだ。

ぼくのうちは福岡だけど、みつばちを越冬《えっとう》させるのは鹿児島《かごしま》なので、お父さんはしょっちゅう鹿児島へ行っていたし、ヒメのうちはもともと鹿児島だ。だから、うちが鹿児島のヒメのうちへ行くことのほうが多かった。行くときは、大体、休みを使って泊《と》まりになる。

原田さんには、同世代のお父さんの話が参考になるし、お父さんには、原田さんのお父さん、つまりヒメのおじいちゃんの話が参考になった。

それに、お母さん同士も仲良しだから、お父さんたちが養蜂の話をしている間、お母さんたちも話が弾《はず》んでいた。

その日も、ぼくたちが鹿児島のヒメの家に行っていた。

晩《ばん》ごはんのときに、ヒメのお父さんの会社員時代の話になった。

「じゃあ、原田さんに就職《しゅうしょく》を勧《すす》めたのは、お父さんなんですか」

そうきいたお父さんに、原田さんは「そうなんです」と答えた。無口な原田のおじいちゃんは、ごはんをもぐもぐ食べながら、うんうんとうなずいただけだ。

「ぼくは、本当はすぐ継《つ》ぎたかったんだけど、親父《おやじ》が会社勤《かいしゃづと》めも経験《けいけん》しとけって」

「外を経験しておくのも、いいことですよ。おれは、何の疑問《ぎもん》もなく、高卒で家業を継いだけど、その代わり、はち屋のことしか分からないですから」

「でも、養蜂に少しでも関係のあることがいいかなと思って、園芸会社に就職したんです。緑化や造園《ぞうえん》の部署《ぶしょ》を希望してたんですけど、結局、レンタルグリーンの部署になっちゃって、あまりはち屋に関係ないことばかりやってました」

「そのおかげで、わたしと会えたんだから、文句《もんく》言わないの」

ヒメのお母さんが、横からいたずらっぽく口をはさんだ。ヒメのお父さんとお母さんは、同じ職場《しょくば》で知り合ったのだという。二人とも、本を読むのが好きで、話が合ったそうだ。

「東京で、お嫁《よめ》さんを探《さが》してこいってことだったんですか」

お父さんが、原田のおじいちゃんにそうきくと、おじいちゃんは、さあ、どうでしょうというように、首をかしげた。

「まあ、いろいろ知ってたほうが、役に立つから」

「そうそう。それで、資格《しかく》もたくさん取らされました。英検《えいけん》から、電気工事の資格まで」

電気工事の資格なら、『だれも知らない小さな国』のせいたかさんと同じだ。

「せいたかさんと、同じだね」

ぼくが、ヒメに小声でささやくと、ヒメも「そうなの」とにっこり笑った。

「でも、どうしてはち屋なのに、電気工事の資格を取らせたの？　英検は、まだ分かるけど」

英語なら、外国のお客さんがはちみつを買いにきたときに、役に立つかもしれない。

「まあ、いろいろ持ってたら、つぶしがきくしな」

無口なおじいちゃんは、しゃべるときに「まあ、」と始めることが多かった。頭に「まあ、」とつけることで、弾みをつけているのかもしれなかった。

「実際《じっさい》、役に立つのよ」

ヒメのお母さんが、そう言って笑った。

「ちょっとした電気工事なら、お父さんができるから、電気屋さんを呼《よ》ばなくてすむもの」

「わたしの部屋のコンセントも、増《ふ》やしてもらったの。本棚《ほんだな》の後ろ側になって、つぶれちゃったから」

もう、何度か入れてもらったことのあるヒメの部屋には、たくさん本が詰《つ》まった大きな本棚がドーンと置いてあった。お父さんとお母さんの部屋にも、居間《いま》にも。

そして、ヒメの本棚は、一番取り出しやすい特等席に、コロボックル物語が整列していた。

「そちらのなれそめは、どんなふうだったんですか？」

ヒメのお母さんが、うちのお父さんとお母さんにたずねた。

「腐《くさ》れ縁《えん》みたいなものですよ」

お父さんは、一言で片《かた》づけようとしたが、もちろん、そうは問屋が卸《おろ》さなかった。

「幼《おさな》なじみだったんですよ。子供《こども》のころから、家が近くて。年頃《としごろ》になっても、一向にお嫁さんの来手がなかったから、わたしがお嫁さんになってあげたんです」

お母さんが、横からそう口を挟《はさ》んだ。そうすると、お父さんも黙《だま》ってはいない。

「年頃になっても、一向に嫁のもらい手がなかったから、引き取ってやったんですよ」

ヒメのお母さんがころころ笑った。原田さんと、無口なおじいちゃんまで。

「どっちの言ってることが、本当なの？」

ヒメが、こっそりそうたずねたが、それは、ぼくにも分からない。

「この話になったら、二人とも、絶対《ぜったい》ゆずらないんだ」

ヒメがまた、声をしのばせて小さく笑った。ぼくは、ちょっと恥《は》ずかしかった。


秋から冬にかけては、夏じゅう働いてくれたみつばちを、はち屋が養ってやる番だ。冬越《ふゆご》しの蜂場《ほうじょう》に行って、巣箱の中に、さとう水やビール酵母を入れてやる。酵母は、さとう水といっしょに火にかけて、ペースト状《じょう》に練り上げて使う。蜂場には、もう練ったものを持っていく（ぼくが大人になったときには、代用花粉ができていて、そちらが主流になっていた）。

「まあ、昔はきなこを使ってたけどな。うちは、酵母のほうがはちの調子がいい」

原田のおじいちゃんが、えさをやりながらそう話してくれた。冬のみつばちはおとなしくて、巣箱を開けるときも、煙《けむり》でいぶさなくていいくらいなので、ぼくたちも気楽にお手伝いできた。おじいちゃんや、うちのお父さんは、はちよけの帽子《ぼうし》もかぶらないくらいだ。

雪が降《ふ》るような寒い土地で冬越しするみつばちは、巣箱を開けると、人間に群《むら》がってくるそうだ。ふたが開いて、急に寒くなるから、温かさを求めて寄《よ》ってくるらしい。

「寒い土地で冬越しするはち屋もいるの？」

ヒメがそうきくと、おじいちゃんはうなずいた。

「まあ、地元だけで蜜《みつ》をとる人も、いるしな」

農家などと兼業《けんぎょう》で、地元だけで、はち屋をやっている人もいるし、趣味《しゅみ》でやっている人もいる。

「でも、群がられたら恐《こわ》いね」

「まあ、寒いから、おとなしいもんだよ」

おじいちゃんは、寒い土地での冬越しを見学しにいったことがあるらしい。

「背中《せなか》に、小さく固まって、静かにしてるだけだ」

「人間が、こたつに入ると動かなくなるようなものかな？」

うちも、こたつに入ると、みんな出たがらない。誰《だれ》かが立ったときに、用事を押《お》しつけあっているくらいだ。

「まあ、そういうことだろうな」

おじいちゃんは、うなずいて、また黙々《もくもく》とえさやりの作業をしはじめた。

おじいちゃんが作業する様子を眺《なが》めながら、ぼくはふと呟《つぶや》いた。

「北海道《ほっかいどう》の冬って、どれくらい雪が降るのかな……」

ぼくが知っているのは、夏の北海道だけだった。テレビでは見たことがあるけど、テレビからは温度や風は伝わってこない。

「スキーができるよ。お父さんとお母さんと、一回ニセコに行った」

「蜂場の辺りって……」

「ごめん。蜂場は行ってないから、知らないや。でも、山だから、たくさん降るんじゃないかな。巣箱の辺りは、どこも完全に埋《う》もれると思う」

「そっか……」

ハリーの国は、どこのはち屋か知らないけど、あの辺りの蜂場の近くにあると言っていた。

「北海道のコロボックルって、冬は……」

大丈夫《だいじょうぶ》なのかな。そう続けようとしたとき、ヒメが「しぃっ」とないしょの仕草をした。視線《しせん》は、おじいちゃんのほうを見ている。

「大丈夫だよ、きっと。北海道にずっと住んでる人は、きっと、北海道の冬に慣《な》れてるよ」

意外なことに、九州に帰ってから、ぼくたちはコロボックルの話をほとんどしていなかった。コロボックル物語の話はときどきするけど、北海道の最後の日に、ぼくたちの見送りに出てきたハリーのことは、ちっとも。

ぼくは、何度か水を向けてみたことがあるけど、ヒメがいつもこんなふうに、やんわりと話をたたんでしまった。

大人になるまで、誰にも話さない。そのいましめの中には、あの日、いっしょにハリーを見たぼくも入っているのかもしれなかった。いっしょに見た者同士で話すくらいは、セーフだと思うけど、ヒメは、コロボックルのことに関しては、とても生真面目《きまじめ》だった。

だから、ぼくも、ハリーと友だちだということは、言いそびれたままになっていた。

でも、北海道にずっと住んでる人は、北海道の冬に慣れている、というヒメの意見は、ぼくを安心させた。

ハリーたちも、ずっと北海道に住んでいるのだから、蜂場が雪に埋もれてしまっても、大丈夫にちがいない。コロボックル物語でも、コロボックルは、地下に町を作っていると書いてあった。空気を入れ換《か》えるシステムなど、とても高度な技術《ぎじゅつ》を持っている、と。だとしたら、蜂場が雪に埋もれてしまっても、地面の下で無事に生きているにちがいない。

雪が降らないとはいえ、九州の冬も深まり、みつばちも、あまりえさを食べなくなってきた。そうなってくると、えさやりの作業も減《へ》ってくる。

クリスマス、お正月のシーズンは、巣箱作りだ。みつばちの巣箱は、春のはち渡《わた》りが始まる前に、新しいものに取《と》り替《か》えるので、みつばちの世話がいそがしくない時期に作っておくのだ。

巣箱の取り替えは、二月。少しずつ取り替えの作業を進め、下旬《げじゅん》になると梅や桃《もも》が咲《さ》き始める。そうしたら、その年のはち渡りに出発だ。

ぼくの家と、ヒメの家では、行く先がちがう。夏に北海道で合流するまで、離《はな》ればなれだった。

「ヒコくん、元気でね」

最後に会ったとき、ヒメはそう言って、ぼくに手を差し出した。——握手《あくしゅ》だ！

ぼくは、ズボンのおしりで手のひらをふいて、急いでヒメの手を握《にぎ》った。ちらりと、北海道のガキ大将《だいしょう》の顔が、頭の中をよぎった。

ぼくも、握手したぞ。ぼくは、抜《ぬ》けがけじゃなくて、ヒメから握手してもらったぞ。と、少し鼻が高かった。

「北海道で！」

ぼくがそう言うと、ヒメがにっこりほほえんだ。同じことを思い出していることが分かった。

ハリーが待っている、ヒメがやってくる北海道の夏へ、ぼくの気持ちは早くも飛んでいた。

行く先々で、もちろん毎日楽しかったのだけど、いつも頭の片隅《かたすみ》に、北海道のことがあった。ハリーとヒメに会える、約束の場所。

東北でアカシアが盛《さか》りを迎《むか》えると、いよいよそわそわした。アカシアの別名は、ハリエンジュ。ハリエンジュノヒコ＝ハヤタの木。

ハリーの木を終えて、ぼくたちは北海道へ渡った。

「やあ、今年も帰ってきたね」

マサ先生が、前の年と同じように、職員室《しょくいんしつ》でぼくを出迎《でむか》えてくれた。ただし、その年は、こう続いたのがそれまでとちがった。

「ヒメちゃんは、二日前に着いたところだよ」

先生といっしょに教室へ行くと、ヒメは友だちとしゃべっていたところだったが、ぼくのほうを見て、ぱっと笑顔《えがお》になった。そして、小首をかしげるような挨拶《あいさつ》の仕草をした。ぼくも、目でうなずくだけで答えた。

その日の昼休みは、男女対抗《たいこう》でドッジボールをした。

ガキ大将が、「今年は、ヒメの顔に当てるなよ」と、ぼくを茶化した。大きなお世話だ。

「もう、絶対、当てないよ」

ぼくの返事に、ヒメの声が重なった。

「もう、絶対、当たらないよ」

タイミングがぴったり合って、ぼくとヒメが吹《ふ》き出《だ》し、周りのみんなも、吹き出した。

そして、ヒメは宣言《せんげん》どおりに、誰のボールにも当たらなかった。

その日の晩は、ヒメの一家がたずねてきてくれて、いっしょにごはんを食べた。

ぼくのお母さんと、ヒメのお母さんは、離れていた間に覚えた料理を、お互《たが》いに教えっこしていた。

お父さんと、原田さんと、原田のおじいちゃんは、楽しそうにお酒を飲んでいた。

ぼくとヒメは、ごはんの後に、子供部屋《こどもべや》で遊んだ。前の夏の最後の日、ハリーがポンポンと、何度も跳ねた部屋だった。

ヒメは、いとしいものを見つめるように、ぼくの部屋を眺めた。胸《むね》に、コロボックルのことがあふれているのが分かった。

ぼくは、そんなヒメにたずねた。

「ヒメは、コロボックル物語の中で、誰が好き？」

いっしょに見たハリーのことを話すのは、ヒメの「大人になるまで誰にも話さない」ルールに反するが、コロボックル物語の中のコロボックルの話なら、別にかまわないはずだ。

「フエフキ！」

ヒメは、すぐさまそう答えた。

フエフキは、コロボックル物語②『豆つぶほどの小さないぬ』に出てくるコロボックル。本名はスギノヒコ。背《せ》が高くて、たくましく、腕《うで》っぷしが強くて、ぶっきらぼうで口が悪いくせに、笛を吹《ふ》くのがうまいという、いかにも女の子に人気がありそうな、かっこいいコロボックルだ。

ヒメが好きだというのも、やっぱりな、という感じ。

「それと、風の子」

風の子の本名はクリノヒコ。『豆つぶほどの小さないぬ』の主人公で、風みたいにすばしこい。フエフキの親友だ。せいたかさんの連絡役《れんらくやく》で、コロボックルが作っている新聞社の、編集長《へんしゅうちょう》だ。フエフキが好きなら、当然、風の子だって好きだろう。

「でも……」

ヒメがないしょを打ち明けるような口調で、言った。

「もし、自分がなれるんなら、せいたかさんがいい」

「なれるよ。きっと」

ハリーは、ヒメに一度姿《すがた》を見せた。小学校三年生、せいたかさんが初めてコロボックルを見たのと同じ年に。

大人になるまで、ヒメがコロボックルのことを秘密《ひみつ》にしておけたら、きっとハリーはヒメの前にも姿を現《あらわ》してくれるにちがいなかった。

「でも、ヒメは女の子だから、どっちかっていうと、おちび先生じゃないかな」

おちび先生というのは、保育園《ほいくえん》に勤《つと》めている女の先生で、コロボックルという小さな秘密を、せいたかさんと共有する仲間だ。

「じゃあ、ヒコくんが、せいたかさん？」

ヒメにそうきかれて、ぼくはどきっとした。ぼくがせいたかさんで、ヒメがおちび先生ということは――

ヒメは、分かってて、言ってるのかな？

「分からないよ。せいたかさんみたいに、背が高くなれないかもしれないし」

ヒメが、問いかけの意味に自分で気がつく前に、ぼくはあわててそう打ち消した。

「ぼくは、ぼくだよ」

そうだね、とヒメも笑った。

「わたしも、わたしだ」

そして、ヒメは、ぼくにもきいてきた。

「ヒコくんは、コロボックル物語の中で、誰が好き？」

「ぼくは、風の子が一番かな。エノキノデブちゃんも、好きだよ」

エノキノデブちゃんこと、エノキノヒコは、コロボックル物語①『だれも知らない小さな国』に登場するコロボックルだ。ちょっと太っていて、自分で自分のことを「エノキノデブ」なんて言ってしまう、ゆかいな性格《せいかく》だ。

それから、ぼくたちは、らくがき帳の紙を破《やぶ》って、クレヨンでコロボックルの絵をかいた。

「ヒメのそれ、フエフキでしょ」

「分かる？」

「もちろん」

ヒメのかいたコロボックルは、横笛を吹いていたのだ。

「ヒコくんは、誰？」

ヒメは、ぼくのかいたコロボックルを見て、首をかしげた。

「こんな、つんつん頭のコロボックル、いたっけ？」

「ぼくが、想像《そうぞう》したコロボックルだよ」

ぼくがかいたのは、もちろんハリーだ。髪《かみ》をみつろうでねじって、かっこよくセットしている、おしゃれなハリー。

「ぼくが友だちになるとしたら、どんなやつかなって、想像したんだ」

「そっか。それなら、わたしは女の子のコロボックルがいいな」

ヒメは、フエフキのとなりに、髪の長い、女のコロボックルをかきはじめた。はちみつの作業をしているときのヒメみたいに、髪を少し高い位置でひとつにくくっていた。

「去年の子は、男か女か、どっちかな……」

ヒメが、コロボックルの髪に、青いリボンをつけてやりながら、そう呟いた。

ぼくが、ヒメのほうを向こうとすると、ヒメはすかさず付け足した。

「これは、ひとりごと」

あくまで、ひとりごとだと主張《しゅちょう》するように、ヒメは紙から顔を上げなかった。

「きっと、男だよ」

名前は、ハリーっていうんだよ。いつか、ヒメの前にも現れるよ。

「口の悪い、女の子かもしれないよ」

だから、リボンを赤やピンクじゃなくて、青にしたのかな？　と、ぼくはヒメのコロボックルを見ながら、思った。

「わたしの名前、呼んでたような気がする」

ハリーは、ヒコと叫《さけ》んだ。でも、ヒコとヒメでは一字ちがいだ。ヒメは、ハリーの小さな声を、ヒメと空耳したのかもしれない。

「また、会いたいな。早く、出てきてくれないかなぁ」

「そうだね。きっとまた会えるよ」

それきり、ヒメのひとりごとは終わった。

ヒメの一家が帰ってから、ぼくは、お風呂《ふろ》に入った。

お風呂から上がって、自分の部屋に戻《もど》ると、机《つくえ》の上に異変《いへん》があった。正確《せいかく》にいうと、机の上に置きっぱなしにしていた、コロボックルの絵に。

ぼくがかいたハリーのとなりに、大きく四つの文字が書いてあった。

オカエリ

紙のそばには、黒いクレヨンのかけらが落ちていた。クレヨンも、ふたを開けっぱなしにしていたから、勝手に、けずって使ったのだろう。

「ハリー！　いるのかい？」

ぼくは辺りに呼びかけたが、答えて跳《は》ねる小さな影《かげ》はなかった。せっかちなコロボックルは、もう行ってしまったらしい。

こうして、ハリーとヒメと出会ってから、二度目の夏が始まった。

夏休みに入る前から、ぼくは、せっせと蜂場の手伝いをした。蜂場で手伝いをすると、休みの日でも、大体ヒメに会えるからだ。

ヒメは、たった一年で、花や草木の名前をたくさん覚えていた。もう、ぼくよりくわしかったかもしれない。散歩のときも、ぼくがヒメに教えてもらうことのほうが、多かった。

そして、ヒメにはまだまだ目標があった。

「これ、全部見つけたいんだ」

そう言ってヒメが見せたのは、『北海道の植物』という図鑑《ずかん》で、北海道で見られる草花や木をまとめてあった。

後ろの索引《さくいん》のページは、植物の名前の前に赤ペンの丸じるしがいくつもついていた。それが、見つけたマークらしい。

「季節のちがう花もあるから、全部は無理じゃない？」

「そりゃあ、秋とか冬とかは無理だけど。でも、見つけられるのは、全部」

そんなわけで、ぼくらは、暇《ひま》さえあれば、あちこちを散歩で歩き回っていた。赤丸は、一日で三つ増える日もあれば、ひとつも増えない日もあった。

ヒメが見たがっていた花のひとつに、スズランがあった。なかなか見つからなくて、すっかりあきらめていたころ、何度も歩いたことのある道のわきに、数株《かぶ》ひっそり咲いていた。

ヒメの、はしゃいだことといったら！

「うちの蜂場の近くなのに！　こんなところに生えてたなんて、ちっとも気がつかなかった！」

「同じ道でも、時間がたてば、咲く花が変わっていくんだね」

そんな、当たり前のことも、ヒメとそんなふうに散歩をするまで気がつかなかった。

「あとは、ハマナスが見たいなぁ」

ハマナスは、バラ科の花で、大きな一重の野バラのような花が、背の低い木にたくさん咲く。ゆったりしたフリルのような花びらの花だ。ぼくが見たことがあるのは、濃《こ》いピンク色の花だが、ヒメの持っている図鑑には、白い花ものっていた。

花が終わった後に、ミニトマトのような真っ赤な実をつける。形は、ミニトマトよりちょっと平べったい。北海道では、おみやげ屋さんに、よくハマナスのジャムが売っている。ハマナスのジャムは、ちょっとオレンジがかった色で、ジャムというよりケチャップのようにも見えるから、ますますトマトっぽい。

「ハマナスは、さすがに無理じゃないかなぁ」

ぼくがそう言うと、ヒメは、不満そうにくちびるをとがらせた。

「どうして？　だって、本には五月から七月って」

「場所がちがうんだよ。ハマナスは、海岸のほうに咲く花なんだ」

それに対して、ぼくたちの蜂場は、内陸部の山の中。ぼくは、ハマナスの花は、蜂場の近くで見たことがない。

「ヒコくんは、どこで見たの？」

「お父さんが、道東のほうにドライブに連れていってくれたことがあるんだ。そのとき」

海岸線にそって、ずっとピンクの派手《はで》な花が咲いていた。八月の下旬だったけど、赤い実も、けっこうついていた。

図鑑には、実がなるのは秋からだと書いてあるけど、北海道は夏が終わるのが早いのだ。

「そっかぁ……」

ヒメは、がっかりしてうなだれてしまった。

「ハマナスのジャム、作りたかったな」

「でも、ほら、スズランは見られたんだし……」

ぼくが、いっしょうけんめい、よかったことのほうに話を持っていこうとしていたときだった。

ハマナス、アルゾ。

ぼくの耳元で、小さな声がささやいた。思わず声を上げそうになったのを、寸前《すんぜん》で飲《の》み込《こ》み、そぉっとヒメとは反対側の肩先《かたさき》を見ると、ハリーがえらそうに腕組《うでぐ》みして立っていた。

モウ、サイテル。

「ヒコくん？　どうしたの？」

ヒメが、そうきいてきた。

「そっちに、何かあるの？」

ハリーの乗っている肩《かた》のほうを覗《のぞ》き込《こ》まれて、ぼくは、あわわと手をむやみに動かした。

「ちょ、ちょうちょが飛んでたから」

ヒメは、ぼくが指さしたほうに、すなおに目をやってくれた。

「どんなちょうちょ？」

「えーと、アオスジアゲハかな」

でたらめに、よく見かけるちょうちょの名前を言うと、ヒメは「へえ〜」と辺りを見回した。

「虫も、たくさんいるよね。昆虫《こんちゅう》図鑑も、買ってもらおうかなぁ」

「でも、散歩で二冊《さつ》も持ってたら、重くない？」

「一冊、ヒコくんが持ってよ」

上《うわ》の空で話をしながら、肩先をうかがうと、ハリーの姿はもう消えていた。ハリーも、むやみにヒメの前に姿を現すつもりはないらしい。去年は、やっぱり特別だったのだ。

「シッテルッテ　イエ」

「ツレテイッテヤル」

また、耳元で声がした。

「でも……」

ぼくは、この辺りではハマナスを見たことがなかったので、ためらった。もしも、ハマナスが見つからなかったら、ぼくがうそをついたことになってしまう。

だが――

「オレヲ　シンジナイノカ？」

ハリーにそう言われると、弱い。

「あっ、そうだ」

ぼくは、しぶしぶ、下手な芝居《しばい》を打った。

「前に、一度だけ見たことがあったかも」

そして、ぼくは、耳元のハリーの声に従《したが》って、歩き出した。

頼《たの》むよ、ハリー。と、内心で願いながら。


ハリーの道案内に従って、いつもは左に曲がる道を、右に曲がった。

いつもの道と、同じような木、同じような草花が生えているのに、知っている道を一本変えるだけで、景色はずいぶん変わって見えた。

「ねえ。知らない道だけど、大丈夫?」

ヒメも、いつもとちがう景色に、ちょっと不安になったらしい。

「大丈夫、大丈夫」

ぼくがそう言ったのは、ハリーがそう言えと耳元でうるさいからだ。本当は、ヒメと同じように、ちょっと不安だった。

やがて、ハリーは、アスファルトで舗装《ほそう》された道路から、森の中へ続く小道にぼくたちを案内した。

「こんな細い道を行って、大丈夫かな? 途中《とちゅう》でなくなっちゃったり、行き止まりとかになってない?」

「大丈夫だと思うよ」

これは、ハリーに言われたからじゃなく、ぼくの言葉だった。

「草が、生えてないから」

小道は、ちょうど人が歩くくらいの幅《はば》で土が踏《ふ》みしめられて、草がちっとも生えていなかった。もし、使われていない道なら、すぐに夏草でぼうぼうになっているはずだ。ぼくは、お父さんに、そういう道には入ってはいけないと教えられていた。

「それに、ほら」

ぼくは、行く手に見える分かれ道を指さした。分かれ道に見えるけど、脇《わき》へそれていくほうは、入り口に大きな枝《えだ》が歩きにくいように置いてある。がんばってまたがないと、通れないくらいに、邪魔《じゃま》な置き方だ。

「こっちには、道が続いてないってしるしだよ」

山や森で、どこにもつながらない道の前には、よくこうして行き止まりのしるしがしてある。そういうしるしがある道は、ずっと奥《おく》まで続いていそうに見えても、途中でふっつりなくなってしまうのだ。

誰かがいつも歩いている気配がする道は、そんなに恐くない。ぼくは、さっきまでの知らないアスファルトの道より、この小道のほうが安心なくらいだった。

しばらく歩くと、道の先で、木々が切れた。明るい日差しが差《さ》し込《こ》んでいる。

「ほら、やっぱりつながってた」

「ほんとだ」

ぼくたちは、自然と駆《か》け足《あし》になって、光の差すほうへ向かった。すると、木々が切れたところで、濃いピンク色が差した。

「わあっ！」

ヒメが、はしゃいだ声を上げた。

道は、公園のような場所につながっていて、生《い》け垣《がき》に使われたハマナスに、濃いピンク色の花がたくさん咲いていた。

でかした、ハリー。

ぼくが、そう思ったのと同じタイミングで、

「ホラ。アッタダロ」

耳元で、ハリーが自慢《じまん》そうにそう言った。ぼくは、うんと小さくうなずいた。

「すごい。白い花もある」

ヒメは、白いハマナスのほうへうれしそうに駆《か》け寄《よ》った。そして、図鑑のハマナスのページを開いた。

「ヒコくん、海岸のほうに生えるって言ってたのに、山の中にも、あったね」

「でも、ほら。観賞用に庭に植えるって、書いてあるよ」

「ほんとだ」

ヒメも、図鑑の説明を読んで、納得《なっとく》したらしい。

図鑑と花を並《なら》べて、見比《みくら》べようとしたヒメが、「わぁっ」とまた声を上げた。

「実がなってる！」

ヒメが指さした先に、まだ熟《じゅく》していない、きりりとかたい緑色の実が、ひっそりとなっていた。

見ると、枝のそこかしこに、そんな実がいくつもなっている。

「味見してみようかな？」

「だめだよ！」

ぼくは、あわてて止めた。

「寄生虫《きせいちゅう》の卵《たまご》がついてるかもしれないから」

「えっ⁉」

ヒメは、実をつまみかけていた指を、おびえたように引《ひ》っ込《こ》めた。

「寄生虫って？」

「エキノコックスっていう、キタキツネが持ってる寄生虫。キタキツネが通るところに、卵や虫がくっつくことがあるんだ。うつったら、病気になっちゃうよ」

キタキツネは、北海道では野良犬《のらいぬ》よりもよく見かけるくらい、たくさんいる。だから、北海道では生水を飲んではいけないし、木の実や山菜も生で食べてはいけないと、ぼくはお父さんから教えられていた。

「じゃあ、実がなっても、ジャムにはできないの？」

「洗《あら》って、火を通せば大丈夫だよ」

「そっか。わたしたちが、北海道にいる間に、赤くなるかなぁ」

そんな話をしながら、公園の中をのんびり歩いていたときだった。

行く手に、ネムノキが生えていた。淡《あわ》いピンクの、ふわふわした刷毛《はけ》のような花が咲《さ》き乱《みだ》れていた。

そのネムノキの根元、少し坂になっている芝生《しばふ》に、誰かが大の字になっていた。

ぼくとヒメは、顔を見合わせた。

倒《たお》れているのか、昼寝《ひるね》でもしているのか、ここからでは分からない。もし、倒れているのなら、誰か呼ばなくては――

ぼくたちは、その人のほうへ、小走りに駆け寄った。

近づくと、それは、若《わか》い男の人だった。ずいぶん、きれいな顔をした人だった。目をつぶっているのに、まつげが長くて、くるりとカールしているのが分かった。

胸がゆっくりと上下していて、息が深く落ち着いていた。倒れているのではなく、気持ちよく眠《ねむ》っているらしかった。

「天使みたい……」

ヒメが、声をひそめて、そう言った。ネムノキを屋根に眠っているその男の人の寝顔《ねがお》は、大人なのに、とても愛くるしかったのだ。絵本を探せば、こんなさし絵がありそうだ。

「妖精《ようせい》かもよ」

ぼくも、ひそひそ声で、そう言った。

「妖精だったら、大きすぎるよ。妖精は、小さいんでしょ。コロボックルみたいに」

そんなことを話していたら、男の人が、ぱちっと目を開けた。

少しとび色がかった、ぱっちりとした目が、芝生の上からぼくたちを見上げた。

そして、ゆっくり起き上がる。

「きみたちは、だぁれ?」

声はやわらかくて、少しだけ舌《した》がもつれるみたいな、あどけないしゃべり方だった。

「どうやって、ここへきたの？」

ぼくたちは、ちょっと困《こま》ってしまった。

見かけは大きなお兄さんなのに、小さな子供のようにおっとりしゃべるこの人に、どんなふうに答えたらいいのか、分からなかったのだ。見かけが同じ子供か、ぼくたちより少し下だったら、すぐ打ちとけたにちがいないのだけど。

ぼくたちは、そういう人と会うのは、それが初めてだった。

「わかった！」

お兄さんは、にこっとうれしそうに笑った。

「ちいさいひとに、つれてきてもらったんだね」

お兄さんが指さしたのは、ぼくの足元の草むらだった。ぼくが思わず草むらに目を落とすと、黒い影がすばやく跳ねた。ハリーだ。

あんまり早くて、ぼくは見失ってしまったけど、お兄さんは、ハリーの行ったほうが分かっているかのように、見つめる方向を迷《まよ》わなかった。

ヒメが、横からぼくの肘《ひじ》をつかんだ。

「今、跳ねたよ」

ヒメにも、跳ねた影は見えたらしい。お兄さんが、ハリーを指さしたので、分かったようだ。いつものハリーなら、ヒメに見つかるようなヘマはしないだろう。

ヒメは、思いつめたような顔をして、お兄さんに向き直った。

「小さい人って、コロボックルのことですか？」

お兄さんは、ヒメの質問《しつもん》に、ふわっと笑って首をかしげた。ヒメが、またたずねる。

「お兄さんには、コロボックルが見えるんですか？」

「コロボックルって、なぁに？」

きき返されて、ヒメは言葉につまってしまった。見た目は大人なのに、しゃべると子供みたいなお兄さんに、どう話したらいいのか迷っているようだった。――この人は、どれくらいの言葉なら、分かるのかな？

「コロボックルっていうのは、アイヌの言い伝えに出てくる、小人のことです」

ぼくが横から説明してみたが、お兄さんは、またふわっと笑って、首をかしげた。どうやら、分からないらしい。

「北海道に、昔から住んでる、小さい人のことを、コロボックルっていうんです」

ぼくが、説明しなおすと、お兄さんは、しばらく首をかしげていた。やがて、

「これくらい？」

人差し指と、親指で作ったすきまは、ちょうどぼくの小指分――ハリーの背丈《せたけ》と、同じくらいだった。

そう、とぼくがうなずくと、お兄さんは、にっこり笑った。

「ちいさいひと、みえるよ。おともだち。ずっとまえから、おともだち」

にこにこうれしそうに笑うお兄さんを前に、ヒメがそっとぼくをうかがってきた。

「コロボックルのこと、言ってるのかな？」

「きっと、そうだよ」

お兄さんは、ハリーを指さしたんだから。

「コロボックル。ちいさいひとは、コロボックル」

お兄さんは、歌うようにそう言って、ズボンのおしりのポケットから、メモ帳とシャープペンを出した。

「ち・い・さ・い・ひ・と・は、コ・ロ・ボッ・ク・ル」

一音ずつ区切って言いながら、お兄さんはメモ帳にひとつずつ字を書いた。小学校一年生の子が書くような、たどたどしい字だった。コロボックルの「ッ」は、小さいツになっていなくて、ツよりもシに似《に》ていた。

「何、書いてるんですか?」

ヒメが、きいていいのかどうか分からないみたいに、おっかなびっくりきくと、お兄さんは、またにっこり笑った。

「あたらしくおぼえたことは、かく。いえにかえったら、じいじに、みせる」

「おうちって、どこにあるの?」

ぼくは、思い切って、ふつうに話しかけてみた。ちっちゃい男の子みたいなこのお兄さんに、敬語《けいご》で話すのは、どうにもしっくりこなかった。かしこまっていたら、どれだけ話しても、距離《きょり》が近づかない気がして、もどかしかったのだ。

「あっち」

お兄さんが、遊歩道の続くほうを指さした。ゆるやかに下る道は、築山《つきやま》のすそを回って、その先は見通せない。

「くる?」

メモ帳をおしりのポッケにしまったお兄さんが、立ち上がった。

ぼくとヒメは、顔を見合わせた。

知らない人についていったらいけない、という学校の注意を気にしたわけではなかった。誘拐《ゆうかい》とか、そんなことの心配は、ちらとも心をよぎらなかった。

心配したのは、帰る時間だ。散歩に出てから、けっこう時間がたっている。その日は、ぼくがヒメのうちに預《あず》けられていた。そろそろ帰らないと、原田さんたちが心配するだろう。

「ごめんね。そろそろ帰らないと……」

すると、お兄さんの顔が、泣き出す寸前のように、くしゃっとなった。

「かえっちゃうの?」

まるで、小さい子を置き去りにするみたいに、胸が痛《いた》んだ。

「うちにきたら、おかしがあるよ。ジュースもあるよ」

いっしょうけんめい、せがむ声に、ますます胸が痛くなる。

「でも、遅《おそ》くなっちゃうから……」

「じいじに、くるまで、おくってもらったらいいよ」

お兄さんは、ぼくとヒメのツナギの袖《そで》をつかんで、駄々《だだ》をこねるように振《ふ》った。

根負けしたのは、ヒメだった。

「じゃあ、ちょっとだけ……」

「ヒメ」

まずいんじゃない？　ぼくが、小さく呼びかけると、ヒメは「だって」と困った顔になった。

「泣いちゃうよ」

確《たし》かに、お兄さんは、指でちょんとつついただけで、泣き出してしまいそうな顔だった。

「そのかわり、すぐに帰るからね」

ヒメがそう言い聞かせると、お兄さんは、「うん！」と元気よく返事をして、にこにこの笑顔になった。

「ぼくは、ミノル。ふたりの、おなまえは？」

きかれて、ぼくが先に答えた。

「ぼくは、ヒコ」

「わたしは、ヒメ」

ぼくたちの名前をきくと、ミノルさんは、またメモ帳を引《ひ》っ張《ぱ》り出《だ》して、地面に開いて、字を書いた。

「お・と・も・だ・ち。ヒ・コ。ヒ・メ」

書き終わると、ミノルさんはメモ帳をしまって立ち上がった。

そして、「ヒコとヒメ。ヒコとヒメ」と歌いながら、築山のすそへと続く遊歩道を、スキップするような足取りで下っていった。

遊歩道を下りきったところに、パステルグリーンの屋根が乗った、大きな洋風の家があった。家というより、お屋敷《やしき》というほうが近いかもしれない。

ぼくたちが公園だと思っていたのは、このお屋敷の裏庭《うらにわ》だった。

「ここ、ぼくんち！」

ミノルさんは、車寄《くるまよ》せがある広い玄関《げんかん》ポーチに、当たり前のように入っていった。

分厚《ぶあつ》い木のドアを、バタンと開けて、「ただいま！」と奥に声をかける。「はやくはやく」と呼んだのは、ぼくたちに向かってだ。

玄関は、ぼくの部屋と同じくらい広かった。お客さんが何十人来ても、靴《くつ》があふれずに並べておけそうだ。

「おかえりなさい」

奥から出てきたのは、さっぱりした開襟《かいきん》のシャツを着た、バーコード頭のおじいさんだった。

「お友だちをお連れですか」

「うん！　ヒコと、ヒメだよ。はやく、かえらなきゃいけないんだって。だから、はやくおやつにして。かえりは、じいじがくるまでおくってあげて」

「分かりました。フミさんに、早くおやつを出してもらいましょうね」

「てを、あらってくるね！」

靴を脱《ぬ》ぎちらかして上がったミノルさんに、おじいさんが「坊《ぼっ》ちゃん！」と恐い声を出した。

「靴は、どうするんですか」

「はぁい。ごめんなさい」

ミノルさんは、あわてて玄関に戻って、靴をそろえた。それから、奥へ駆《か》け込《こ》んでいく。

「あなたがたも」

おじいさんにすすめられて、ぼくたちも家に上がり、おじいさんの案内で、洗面所《せんめんじょ》へ向かった。

「はち屋の子供さんですか」

おじいさんにきかれて、ぼくとヒメは、「はい」とうなずいた。

「この近くだと、原田さん」

「はい。うちです」

ヒメが、小さく手を上げる。

「ぼくは、ヒメの友だちで、今日は原田さんのところに預けられています」

「帰りは、原田さんの蜂場へお送りすればいいですか」

ぼくたちがうなずくと、おじいさんは、「では、車の準備《じゅんび》をしておきましょう」と立ち去った。

洗面所で手を洗いながら、ヒメが言った。

「ミノルさん、じいじって言ってたけど、おじいちゃんじゃないよね？」

「うん、ちがうと思う。お手伝いさんとかじゃないかな」

お手伝いさんがいても、おかしくないようなお屋敷だった。廊下《ろうか》も、自転車で走れそうなほど広い。

ふかふかのタオルで手をふいていると、ミノルさんが待ちきれないように急《せ》かしにきた。

「まだ？」

「今、行くよ」

部屋までは、ミノルさんが案内してくれた。薪《まき》ストーブと、立派《りっぱ》なソファの応接《おうせつ》セット。背の高い窓《まど》には、分厚いカーテン。テレビドラマに出てくる、お金持ちの家みたいだった。

おやつは、桃のムースで、ふっくらしたおばあさんが、ぶどう酒みたいな色をしたジュースといっしょに出してくれた。

「ハスカップのジュースですよ。はちみつをたくさん入れて、甘《あま》くしてありますからね」

ハスカップは、北海道でよくとれる果実だ。ブルーベリーを細長くしたような実で、味も似ているが、ブルーベリーより少しすっぱい。

「フミさんのケーキは、おいしいんだよ」

お兄さんは、そう言って、一番にムースをぱくついた。

「これ、お行儀《ぎょうぎ》が悪いですよ。いただきますは、どうしたんですか」

「だって、ふたりとも、はやくかえらなきゃいけないから」

お兄さんは、言《い》い訳《わけ》しながら「いただきます」と手を合わせた。ぼくたちも、いっしょに手を合わせる。

「急いでいても、お行儀よく食べるんですよ」

フミさんは、そう言って部屋を出ていった。

フミさんのムースは、ひんやり冷たくて、とってもおいしかった。ムースの上にのっていた、シロップで甘く煮《に》た桃も。自然と、ぼくたちは、惜《お》しむようにムースをちびちびけずった。

「ミノルさん」

ヒメが、気になって気になって仕方がないような様子で、たずねた。

「ミノルさんは、コロボックルの友だちなの?」

スプーンを大事にねぶっていたミノルさんは、首をかしげて、またふわっと笑った。

「ほら、さっき言ってた、小さい人のことだよ」

ぼくが、そう教えてあげると、ミノルさんのふわっとした笑顔は、にっこりになった。そして、「ちいさいひとは、コロボックル」と、メモをとったときと同じ節回しで、歌った。「ちいさいひとは、おともだち。コロボックルは、おともだち」……

「おともだちだから、ちいさいひとは、だいじにする」

最後だけ歌わずに、まじめな顔で、そう言った。

「コロボックルは、ここのお庭に来るの？」

ヒメの質問に、ミノルさんは「ときどき、いる」とうなずいた。

「わたしも、コロボックルとお友だちになりたいの。だから、また、遊びにきてもいい？」

「いいよ！」

ミノルさんは、一際《ひときわ》大きな声で、そう答えた。

「いっぱい、あそびにきたらいい！」

ちびちび食べていたムースがなくなると、じいじさんが「車の用意ができましたよ」と迎えにきた。

「また、きてね。ぜったいね」

ミノルさんは、玄関まで出てきて、ぶんぶん手を振って見送ってくれた。

バーコードのじいじさんは、車を運転しながら、ぼくたちにも丁寧《ていねい》な言葉で話しかけてくれた。

「フミさんのケーキは、いかがでしたか」

「とっても、おいしかったです！」

ぼくとヒメの声が、重なった。

「でも、急に来たのに、よくぼくたちの分まで、ありましたね」

ヒメも、「ほんとだ」と気がついたらしい。

「毎日、たくさん作るんですか？」

ヒメがそうきくと、じいじさんはまじめな顔で答えた。

「あなたたちが食べたのは、フミさんと私《わたし》の分でした」

ぼくとヒメは、顔を見合わせた。ぼくたちが、じいじさんとフミさんの分を、取っちゃったってことかな？

ごめんなさい、とどちらからともなく呟きかけたとき、じいじさんが「冗談《じょうだん》です」と言った。まじめな顔で言うので、冗談に聞こえないのは、よろしくない。

「フミさんが、いつもいくつか作っておくのです。坊ちゃんが、いつお友だちをつれてきても、いいように。お友だちが来なかった日は、私たちがお下がりをいただきます」

「ミノルさんは、お友だちがたくさんいるんですね」

ぼくがそう言うと、じいじさんは「いいえ」と答えた。

「坊ちゃんが、お友だちを連れてこられたのは、久《ひさ》しぶりです。子供のころの学校のお友だちは、大きくなると、いらっしゃらなくなりました」

どう返事をしたらいいのか分からなくて、ぼくとヒメは黙《だま》り込《こ》んだ。かわいそう、というのは、ちがう気がした。ミノルさんは、ふつうの大人には見えないけど、とても愛らしくて、幸せそうだったから。

「ヒコさんと、ヒメさんは、坊ちゃんをどう思われますか」

何て言う？　と、ぼくたちはお互いの表情《ひょうじょう》をうかがった。ヒメが、こくりとうなずいた。先に言う、という合図だ。

「かわいくて、優《やさ》しい人だなって思います」

「それと、楽しくて、いい人です」

ぼくも、ヒメに続けて、そう言った。

「初めて会ったけど、いっぺんに好きになりました」

いつ、どんなふうに知り合ったのか分からないけど、小さい人——コロボックルと友だちだと言っていた。コロボックルと友だちになれる人なら、いい人に決まっている。

ハリーだって、見つかったから逃《に》げたけど、あの庭にいるのが悪い人なら、いくらハマナスが咲いているからって、ぼくたちを連れていかなかったはずだ。

「坊ちゃんと、仲良くしてさしあげてください。フミさんの得意なケーキは、まだまだたくさん、ございます」

ミノルさんの家から、原田さんの蜂場までは、車だと五、六分だった。

蜂場では、ちょうど休憩《きゅうけい》中で、原田さんと、奥さんと、原田のおじいちゃんが、車の近くで、麦茶を飲みながら休んでいた。

「これはどうも」

ぼくたちを連れてきたじいじさんを見て、そう挨拶したのは、原田のおじいちゃんだ。じいじさんとは顔見知りのようだった。

原田さんと奥さんは、初めまして、と挨拶した。

「子供たちが、ご迷惑《めいわく》をおかけしませんでしたかな」

「いいえ。坊ちゃんと仲良く遊んでいただきました」

「そうですか。そりゃあ、よかった」

おじいちゃんは、ミノルさんのことを知っているらしい。

「どうぞ、また遊びにきてください」

じいじさんは、そう言って、帰っていった。


その日の晩ごはんのとき、ぼくは、お父さんとお母さんに、ミノルさんのことを話した。

「そうか。ミノルさんに、会ったのか」

うちのお父さんとお母さんは、二人とも、ミノルさんのことを知っていた。

ミノルさんの家は、この辺りの山を全部持っている地主さんの家で、巣箱を置かせてもらっているはち屋は、みんなミノルさんのことを知っているらしい。原田さんと奥さんが知らなかったのは、はち屋の修業《しゅぎょう》に入ったばかりだからだろう。

ミノルさんの家族は、お父さんとお母さんと、跡取《あとと》りのお兄さん。東京で会社をいくつも経営《けいえい》していて、いそがしく、北海道にはたまに帰ってくるらしい。

あの家に住んでいるのは、ミノルさんと、じいじさんだけなのだそうだ。フミさんは、通いの家政婦《かせいふ》さんだという。

「じゃあ、ミノルさん、さびしいね」

あんな大きい家に二人だけなんて。それに、じいじさんは、友だちももう来ないと言っていた。

「ヒコは、ミノルさんのことを、どう思った?」

お父さんにきかれたことは、じいじさんからもきかれたことだったので、すぐに答えることができた。

「かわいくて、優しい人だよ」

お父さんとお母さんは、顔を見合わせて、ほほえんだ。

「ふつうの人より、ゆっくりした時間を生きている人だから、いっしょに遊ぶときは、あんまりあわてさせないようにな」

「ヒメちゃんとヒコが、久しぶりのお友だちだから、ミノルさんはきっとうれしいでしょうね」

「ちょっと、はしゃいでしまうかもしれないな」

お父さんは、少し心配そうだ。

「でも、ミノルさんは、いろんな人が、ちゃんと見てるから……」

そう言ったお母さんに、お父さんは、「うん、大丈夫だと思うけど」とうなずいた。そして、ぼくに向かって、こう言った。

「もし、ミノルさんがまちがったことをしたり、危《あぶ》ないことをしたら、しかってあげなさい」

「ぼくたちが、しかっていいの?」

「しかってあげないと、ミノルさんが困るからね」

夜、お風呂から上がって、自分の部屋に戻ると、勉強机の上でこおろぎみたいな影が跳ねた。

「ハリー!」

ぼくは、あわててドアを閉《し》めて、駆け寄った。

「いなくなったきりだったから、心配したよ」

「ワルカッタナ」

ハリーは、えらそうに、手をあげた。全然、悪かったとは、思っていなさそうだ。

「ヒコタチガ　カエルトキニ、ミチアンナイヲ　ショウトオモッテ　マッテタケド、ジイジニ　オクッテモラッテタカラ、オレモ　ソノママカエッタンダ」

「うん、それは大丈夫だったけど……ハリーは、あの家のことを、前から知ってたの？」

「アア」

「ミノルさんのことも？」

「アア。アイツハ、チョウシガ　クルウ。イツモ　ボンヤリシテイルクセニ、オレタチノコトヲ、ヨクミツケルンダ」

ミノルさんに見つかったのは、ハリーとしても、計算外だったらしい。

「ミノルさんは、コロボックルのことを、友だちだって言ってたよ」

「ダレモ　チョクセツ　ハナシタコトハナイ」

ハリーはそう言って、ぼくの筆箱に腰《こし》を下ろした。

「デモ、アイツガ　コマッテタラ、タスケテヤルコトニ　ナッテルンダ。ヘビニアッタトキニ　オイハラッテヤッタリ、クマノデルホウヘ　イキソウナトキニ、トメテヤッタリ」

コロボックルは、すばしこくて勇敢《ゆうかん》なので、ヘビを追いはらうくらい、朝めし前だ。気の荒《あら》い　マムシだと、一人では手こずるらしいけど。

「どうして、助けてあげることになってるの？」

「ダッテ、アブナイダロウ。ノンビリヤデ、ポーットシテルカラ。オレノトウサン、カアサンノダイカラ、アイツハ　マモッテヤルッテ、キマッテルンダ」

確かに、ふわふわしているミノルさんは、一人で歩き回ると、少し危なっかしそうだ。

それに、あんな天使みたいな寝顔で眠るミノルさんは、コロボックルたちも放っておけないのだろう。ミノルさんは、世の中のずるいことや悪いことを、何も知らないようなあどけない顔をしていて、ぼくたちだって、守ってあげたくなる。

お母さんが、ミノルさんは、いろんな人がちゃんと見てるって言っていたけど、コロボックルたちも、ミノルさんのことを見ているのだ。

きっと、子供のころから、たくさんの優しい人に守られてきたのだろう。だから、ミノルさんは、大人になった今でも、天使みたいに愛らしいのかもしれない。

「ジャア、マタナ」

行きかけたハリーを、ぼくは「待って」と呼《よ》び止《と》めた。

「ナンダ」

「今日、ミノルさんの家に連れていってくれて、ありがとう。ハマナス、ヒメがすごく喜んでた。ミノルさんとも、友だちになれたし」

「オヤスイゴヨウダ」

ハリーは、そう言って、にやりと笑った。

「オレタチハ、トモダチダカラナ」

そして、ハリーは、ポンと一跳ねで、いなくなった。

それから、ぼくたちは、ミノルさんの家に、よく遊びに行くようになった。

じいじさんが車で迎えに来てくれることもあったし、ぼくのお父さんや、ヒメのお父さんが、車で送ってくれることもあった。

ミノルさんの家に近い、ヒメのうちの蜂場からは、二人で歩いていくときもあった。

ヒメの、図鑑にのっている植物を探す散歩を、ミノルさんはすごく気に入った。

「これ、あるよ！」

うれしそうにミノルさんが指さしたページは、ネムノキのページだった。淡いピンクの、刷毛のような花がぽわぽわ咲いている写真がのっていた。

初めて会ったとき、ミノルさんが屋根にして眠っていた木だ。

ミノルさんは、喜んで、庭のネムノキまで、元気よく歩いていった。ぽわぽわした花は、まだ咲いていた。

「いっしょ！　いっしょ！」

庭に植わっている木が、図鑑にのっていることが、ミノルさんはとてもうれしかったらしい。

「ネムノキって、いうんだね！　だから、ねむくなるのかな？」

ミノルさんは、ネムノキの下でよく昼寝をするのだという。

「夜に葉っぱが閉《と》じて、木が眠ってるみたいだから、『眠りの木』でネムノキなんだって」

ヒメは、図鑑の説明を、ミノルさんに分かりやすいように教えてあげた。

「でも、ネムノキの下で、眠くなるかどうかは、分かんないなぁ」

「ねむくなるよ！　ネムノキのしたでねると、すごくきもちいいんだよ」

ミノルさんは、そう力説したが、ぼくが見たところによると、日当たりと、芝生のふかふかの具合が大きいような気がした。

「お・ひ・る・ね・の・き。ネ・ム・ノ・キ」

ミノルさんは、またメモ帳に字をひとつずつ書いた。

「ぜんぶ、ヒメのほんにのってるの？」

そう言って、ミノルさんは、庭に向かって大きく手を広げた。

「全部は、のってないよ」

ヒメが持っているのは、北海道の野生の木や草花がのっている図鑑だから、花屋さんで売っているような、園芸の品種はのっていない。ミノルさんの庭は、当たり前のことだけど庭なので、園芸の花もたくさんある。

「ぜんぶ、しらべたい！」

「全部だと、たいへんだよ」

ミノルさんの家は、四方をぐるりと庭で囲まれていて、庭がとっても広いのだ。

「図鑑も、ヒメのしかないし」

「でも、しらべたい！」

うーん、と、ぼくたちは困ってしまった。

「ヒコくんのお父さんの図鑑、借りたらどうかなぁ。車に積んであるやつ」

「あれも、野生の植物の図鑑だから、園芸の花はのってないよ。学校の図書室に、あるかなぁ」

そんな悩《なや》みを、解決《かいけつ》してくれたのは、じいじさんだった。

「書斎《しょさい》に、図鑑がいろいろありますよ」

じいじさんが連れていってくれた書斎で、ヒメの目はきらきらになった。壁《かべ》一面を埋《う》め尽《つ》くす大きな本棚に、本がたくさんつまっていたのだ。本好きのヒメとしては、たまらないだろう。

大人の読む本が多かったけど、図鑑もたくさんあったし、子供向けの本も、いろいろあった。きっと、ミノルさんが読むようにと、じいじさんや家族が置いたのだろう。

「これなら、お庭の花もたくさんのってるんじゃない？」

ヒメが探《さが》し出《だ》したのは、そのものずばり、『園芸植物』という題名の図鑑だった。

「やったー！　これで、なまえがわかるね」

ミノルさんは、まるで子供みたいにばんざいした。

そして、勇んで庭の散歩に出かけようとしたミノルさんに、フミさんがすてきなプレゼントをしてくれた。

「これに、木や花の名前を書いて、地面にさしたらいいですよ。そしたら、忘《わす》れないでしょう」

フミさんがくれたのは、植木鉢《うえきばち》にさすネームプレートだった。それと、油性《ゆせい》のマジック。

「フミさん、ありがとう！」

受け取ったミノルさんは、その場でプレートに『ネムノキ』と書いた。

「はやく、はやく。さしにいこう」

ミノルさんは、玄関を飛び出すと、ネムノキまで走っていった。そして、ネムノキの根元に、書いたばかりのネームプレートを、大事にさした。

「すごい。植物園みたいだね」

ヒメがそう言うと、ミノルさんが「しょくぶつえん！」とうれしそうに繰《く》り返《かえ》した。

「えんそくで、いったことある」

ミノルさんが、にこにこ笑って「しょくぶつえんみたい？」ときくので、ぼくも楽しくなった。

「うん。ミノル植物園だね」

「ミノルしょくぶつえん！」

ミノルさんは、その思いつきがとても気に入ったらしい。

「おにわ、ミノルしょくぶつえん！」

ミノル植物園で、二番目にネームプレートをさされたのは、生け垣のハマナスだった。ヒメが見たがって、そのおかげでミノルさんにも会えた。

「ハマナスは、ヒメにかかせてあげる」

ミノルさんは、大事そうに、プレートとマジックをヒメに渡した。きっと、自分が書きたくて仕方ないのに。

「ありがとう」

ヒメも大事に受け取って、芝生の上で、丁寧に『ハマナス』と書いた。

「ヒメがさしていいよ」

まるで、騎士《きし》がお姫《ひめ》さまに前をゆずるように、ミノルさんはハマナスの根元を指《さ》し示《しめ》した。

「ありがとう」

ヒメも、軽く腰をかがめて、お姫さまのようにお礼を言った。そして、おごそかにプレートをさした。

「ヒコも、かかせてあげるね」

「じゃあ、あれを書かせてよ」

ぼくは、ネムノキのうしろに高くそびえている木を、指さした。

アカシアの木だ。特徴《とくちょう》のある白い房《ふさ》のような花は、もう終わっていたけど、物心ついた頃《ころ》からよく知っている木なので、見まちがえたりはしない。

「なんていう、き？」

きいてきたミノルさんに、ぼくはヒメの図鑑をめくって、アカシアの写真を見せてやった。

はち屋にとってはアカシア。だけど、図鑑なので、正式な名前がのっている。

「おんなじおはな、さいてないよ」

「花は、もう終わってるんだよ。梅雨《つゆ》のころ、こういう白い花、咲いてなかった？」

ミノルさんは、しばらく考《かんが》え込《こ》んでいたけれど、やがて、ふわっと笑った。

「名前を書いておくから、来年、花を見たらいいよ」

アカシアの木の根元で、ぼくはネームプレートを書《か》き込《こ》んだ。

『ハリエンジュ』

目の端《はし》を、シュッと黒い影が跳ねた。――来てるな、ハリー。

「ヒコは、このきが、すきなの？」

「大好きだよ。ぼくにとって、大事な木なんだ」

ぼくが、プレートを地面にさすと、ミノルさんがきいた。

「どうして、だいじなの？」

「はちみつが、たくさんとれるからよ」

ヒメが、そう答えた。

「はち屋は、ハリエンジュじゃなくて、アカシアっていうんだけど……アカシアのはちみつは、すごく人気があるの。はち屋にとっては、とても大事な木なの」

「へえー」

ミノルさんが、説明してくれるヒメのほうを向いているから、大丈夫だと思ったのだろう。ぼくの耳元で、自慢げな声がした。

「オレノキダカラ、ダロ？」

ぼくも、小声で答えた。

「わざわざ、きくなよ」

ハリーのほうを見るわけにはいかなかったけど、どんな顔をしているかは見なくても分かった。くちびるの片《かた》っぽで、にやりと笑ったはずだ。

ミノルさんは、図鑑を調べるのが遅いので、ぼくたちが名前を知らない植物を調べるときは、すごく時間がかかった。

でも、ぼくたちは、ミノルさんが「しらべて」と頼んでこない限《かぎ》り、ミノルさんに調べさせてあげた。

ふつうの人より、ゆっくりした時間を生きているミノルさんを、あわてさせたらいけないのだ。ぼくは、お父さんからそう聞いたけど、ヒメも、家族の誰かに、同じことを言われたのだろう。

ミノルさんのネームプレートは、一本ずつ、ゆっくりと増えていった。

そして、一度覚えると、ミノルさんは植物の名前を忘れなかった。あわてずに、ゆっくり名前を増やしていったからだろう。

ミノル植物園の名前が増えていく時間は、とても穏《おだ》やかで、楽しかった。

フミさんが毎回出してくれるおやつも、おいしかったし、じいじさんの分かりにくい冗談も、だんだん、分かるようになってきた。

ときどき、ハリーなのか、ミノルさんの友だちなのか、黒い影がシュッと跳ねる。ヒメは一度も気づかなかったけど、ミノルさんは、影を目で追って、にこにこしていることがあった。

そんなふうに、優しく過《す》ぎていた夏が、にわかに騒《さわ》がしくなった。

ミノルさんのところに、騒がしい人がやってきて、優しい時間をかき回したのだった。

第四章　騒《さわ》がしい夏

「二人とも、また来年の夏、元気に戻《もど》っておいで」

マサ先生がお決まりの台詞《せりふ》を言って、その年の一学期が終わった。

山では、シナノキの花が盛《さか》りになっていた。

『裏技《うらわざ》』で夏休みの宿題をしなくていいぼくとヒメは、家の仕事を手伝ったり、学校の友だちと遊んだり——そして、その年からは、ミノルさんと遊ぶという楽しみも加わった。

ミノルさんの庭にも、夏の花がたくさん咲《さ》いていた。ミノル植物園のネームプレートも、散歩のたびに少しずつ増《ふ》えた。

庭を歩いていると、ぼくたちには覚えのないプレートが増えていることがあった。ミノルさんは、ぼくたちがいないときでも、じいじさんやフミさんといっしょに、庭の植物を調べているという。

「とてもいい遊びを教えていただきました。ありがとうございます」

じいじさんは、ぼくたちに丁寧《ていねい》にそうお礼を言って、頭を下げた。自分の親よりも年上の人に頭を下げられて、ぼくたちは、あわあわしてしまった。そのときの感じを「恐縮《きょうしゅく》」というのだと、大人になってから知った。恐《おそ》れ入《い》って、気持ちが縮《ちぢ》み上《あ》がる。昔の人は、うまいこと字を当てるものだ。

その日は、ミノルさんの家に近い、原田《はらだ》さんの蜂場《ほうじょう》へ行っていた。

ヒメのお母さんのお弁当《べんとう》は、ふきの混《ま》ぜごはんのおにぎりと、しいたけの肉詰《づ》めを揚《あ》げたのと、れんこんのきんぴらだった。

ふきごはんは、湯がいて細かくきざんだふきに塩をして、混ぜるだけ。北海道《ほっかいどう》では、道ばたや庭にいくらでもふきが生えてくるので、うちのお母さんも、ヒメのお母さんもよく作っていた。その日の気分によって、白ごまが混ざったり、しょうゆおかかが混ざったりもする。

れんこんのきんぴらは、スティック野菜みたいにたてに切るのが、ヒメのお母さん流だった。薄《うす》い輪切りより、歯ごたえが出ておもしろくなる。うちのお母さんも、ヒメの家で食べてから、まねするようになった。

デザートには、小夏《こなつ》という果物が出てきた。黄色いテニスボールみたいなみかんが、丸のまま十個《こ》。ぼくが見たことのないみかんだった。

「きのう、実家が高知のお客さんから、もらったのよ。特産品なんですって」

道理で、見たことがないわけだ。

「ヒコくんのおうちにも、おすそ分けを持っていくわね」

そう言いながら、ヒメのお母さんは、果物ナイフでりんごの皮をむくみたいに小夏の皮をむき、りんごを切るみたいに八つに切った。ぼくが知っているみかんのむき方とは、ぜんぜんちがっていた。

切り分けた果肉は、びっくりするほど、あざやかな黄色だった。味も、甘《あま》ずっぱくて、とてもさわやかだ。果肉だけだとすっぱすぎるけど、厚《あつ》く残してむいた甘皮《あまかわ》のほんのりした甘味《あまみ》で中和されて、ちょうどの甘ずっぱさになる。

後から知ったのだけど、九州にも、日向夏《ひゅうがなつ》という名前で同じ果物があるらしい。でも、出回る時期には、ぼくたちははち渡《わた》りをしていて九州にいないので、知らなかった。

小夏は、とてもおいしかったのだけど、お弁当をたくさん食べた後だったので、ちょうど半分の五つを残して、みんなおなかがいっぱいになってしまった。

ヒメのお母さんが、残った小夏をスーパーのビニール袋《ぶくろ》にしまっていたとき、ヒメが言った。

「お母さん。それ、ミノルさんにあげていい？」

それは、いい考えだ！

ぼくたちは、ミノルさんの家で、いつもフミさんのおいしいおやつをごちそうになっていた。だから、ぼくたちからも、おいしいものをお返しできたらすてきだ。ぼくのうちも、ヒメのうちも、はちみつをいつもおすそ分けしているけど、ぼくたちが直接《ちょくせつ》何かを渡したことはなかった。

ヒメのお母さんも、にっこり笑った。原田さんも、おじいちゃんも。

「むき方を、フミさんに説明してあげてね。甘皮を全部むいちゃうと、すっぱいから」

そう言いながら、ヒメのお母さんは、小夏をヒメに持たせてくれた。

そして、原田さんたちがはちみつの作業へ戻るときに、ぼくたちはミノルさんの家に向かった。

背《せ》の高い立派《りっぱ》な門で、呼《よ》び鈴《りん》を鳴らすと、じいじさんが出てきた。

「いらっしゃい、ヒコさん。ヒメさん」

じいじさんは、相変わらず、ぼくたちにも敬語《けいご》だ。

「ミノルさんは、いますか？」

「はい。今、ちょっとお客さまがいらっしゃってますが……」

ぼくとヒメは、顔を見合わせた。ミノルさんに、ぼくたち以外のお客さんが来ているなんて、初めてのことだった。

「お友だちですか？」

ぼくがきくと、じいじさんは「いいえ」と答えた。

「札幌《さっぽろ》に住んでいる、いとこのトシオさんです」

「あ、じゃあ……」

遠慮《えんりょ》したほうがいいかな、とぼくはヒメをうかがった。ヒメも、うなずいた。

「これ、ミノルさんにおみやげです」

ヒメが、じいじさんに小夏の袋《ふくろ》を差し出した。

「小夏です」

「小夏ですか。それは珍《めずら》しいものを」

じいじさんは、小夏を知っていた。

「むき方、分かりますか？」

ヒメがきくと、じいじさんは「ええ」とうなずいた。

「どうぞ、坊《ぼっ》ちゃんにお会いになっていってください」

「でも、いとこさんが来てるんでしょう？」

「トシオさんは、そろそろお帰りになっていい頃合《ころあ》いだと思います」

じいじさんの声が、少しとがって聞こえて、ぼくたちはちょっとすくんでしまった。

じいじさんは、ぼくたちの様子に気がついたのか、表情《ひょうじょう》をやわらげた。

「大丈夫《だいじょうぶ》ですよ、いらっしゃい」

じいじさんに連れられて、いつもの応接間《おうせつま》へ。ドアが開いていて、じいじさんは入る前に少し中をうかがった。ミノルさんは、いつものソファにちょこんと腰《こし》かけていた。

「おまえには、一生分からないだろうけど、社会に出て働くっていうのは、なかなかたいへんなことだよ」

愚痴《ぐち》をこぼしているのか、自慢《じまん》しているのか、どっちか分からない口調でしゃべっていたのは、ピンクのたてじまのシャツを着たおじさんで、それが、いとこのトシオさんだった。ミノルさんよりも、だいぶ年上のいとこなのだろう。

ぼくは、トシオさんが着ていたピンクのシャツに、びっくりしてしまった。というのは、当時はピンク色というのは、完全に女の子の色だったからだ。少なくとも、ぼくのまわりでは、学校にピンクの服を着てくる男子はいなかった。赤は、戦隊ヒーローのレッドがいるから、男の色として通ることもあるけど、ピンクは完全に女の子色だった。

女の子色を着ていたら、「やーい、女の子」とからかわれた時代だったので、ぼくたち男子は、お母さんが買ってくる洋服に、少しでも女の子っぽい色が混じっていないか、気をつかったものだ。ぼくは、お母さんの買ってきたしましまのくつしたに、ピンクのしまが混じっていたので、替《か》えてもらったことがある。

ぼくが大きくなった頃には、男物のピンクのシャツなんてちっとも珍しくなくなっていたが、その頃は、ピンクのたてじまを着こなせる男の人なんて、ぼくの身の回りにはいなかった。

「おれも、会社ではいろいろ苦労するよ。たまに、おまえののんきな生活がうらやましくなる」

ミノルさんは、ふわっとした笑顔《えがお》を浮《う》かべて、トシオさんの話を聞いていた。

「坊ちゃん」

じいじさんに声をかけられて、ミノルさんとトシオさんは、初めてぼくたちに気がついた。

ミノルさんの笑顔が、ふわっとしたものから、ぱっと明るく切《き》り替《か》わった。

「ヒコさんと、ヒメさんがいらっしゃいましたよ」

「うん！」

ミノルさんは、うれしそうに、ソファから立ち上がって、ぼくたちのほうへ来た。

「トシオさんも、お車代を用意しましたので、そろそろ」

「ああ、悪いね。でもまあ、そんなに急《せ》かさないでくれよ。久《ひさ》しぶりに、かわいがってるいとこに会いに来たんだからさ」

「ご自分が困《こま》ったときだけ会いに来るのは、かわいがっているとは言いませんでしょう」

「手厳《てきび》しいなあ、じいやさんは。おれも、いそがしいんだから、ついでがあるときじゃないとさ。そういじめないでくれよ」

トシオさんは、「まいった、まいった」と頭をかいた。

「ところで、この子たちは、何なの？　服装《ふくそう》からすると、はち屋の子っぽいけど」

「坊ちゃんのお友だちです」

じいじさんの返事に、トシオさんは、驚《おどろ》いたように目をぱちくりさせた。そして、ミノルさんに向かって、にかっと笑う。

「よかったなぁ、ミノル。おまえ、友だちなんていたんだな」

あっけらかんとした声には、たぶん、悪気《わるぎ》はひとかけらも含《ふく》まれていなかった。だけど、ぼくは、その声を聞いて、気持ちがざらっとした。

ヒメのほうをうかがうと、ヒメも、ぼくと同じようなことを感じている顔をしていた。

ミノルさんは、トシオさんのほうを向いて、ふわっと笑っていた。笑っているのに、何だか、心細いような笑顔だった。

「考えたもんだなぁ、子供《こども》に友だちになってもらうなんて。おまえは、同い年の友だちは、無理だもんな」

その声も、やっぱりあっけらかんとしていて、悪気はなかった。

だけど、ぼくの眉間《みけん》には、勝手にシワが寄《よ》った。ヒメも。そして、じいじさんも。

ミノルさんだけ、ふわっと笑ったままだった。

「君らは、じいやさんにミノルの友だちになってくれって頼《たの》まれたの？」

「ちがいます」

ヒメが、きっぱりした声で、そう答えた。

「わたしたち、じいじさんに頼まれたりしてません。ミノルさんとは、偶然《ぐうぜん》出会って、友だちになりました」

ヒメのまなざしは、まるでトシオさんをまっすぐ貫《つらぬ》くようだった。

ヒメのきっぱりした声で、ぼくはやっと、トシオさんにいやなことを言われたのだと分かった。

そんなヒメを見ながら、ふしぎな気持ちがわき上がった。

それは、ヒメのことが誇《ほこ》らしいという気持ちだった。

大人のひとに、いやなことを言われて、すぐにはっきり言い返せるヒメが、まぶしかった。

トシオさんは、少しひるんだように黙《だま》り込《こ》んだ。そして、「ごめん、ごめん」と笑った。

「気を悪くさせちゃったかな。おれ、仕事柄《がら》、すぐ毒のあること言っちゃうんだよ。うちの業界、けっこう毒舌《どくぜつ》がまかり通っちゃうから」

「トシオさんの業界のことは、お二人にも坊ちゃんにも、関係ないことでございますよ」

「へいへい、申《もう》し訳《わけ》ございません」

トシオさんは、まったく反省していなさそうだったが、とりあえず口先だけで謝《あやま》った。

「ヒコさんとヒメさんは、坊ちゃんといっしょに、散歩に行っていらっしゃい。帰ってきたら、おみやげの小夏を、フミさんにむいてもらいましょう」

じいじさんにそう言われて、ぼくたちは部屋を出た。

「こなつって、なぁに？」

ミノルさんは、いつものほがらかな笑顔になっていて、ぼくたちはほっとした。

「高知県のみかんなんだって。黄色いテニスボールみたいで、包丁でりんごみたいに皮をむいて食べるんだ」

「それっておいしい？」

「おいしいよ。わたしたち、いつもミノルさんのおうちで、おいしいおやつをごちそうになってるから、わたしたちもおいしいものをあげたいなって思ったの」

「ありがとう！」

庭を散歩するときの三点セット、図鑑《ずかん》とネームプレートとマジックを手提《てさ》げかばんに入れて、玄関《げんかん》を出たときだった。

「おーい、待って待って」

追いかけてきたのは、トシオさんだった。

「このままだと、何だか気まずいからさ。おれも、いっしょに散歩してから帰るよ」

そして、トシオさんは、親しげにミノルさんの肩《かた》を抱《だ》いた。

「さっきは悪かったな、ミノル。分かってると思うけど、おれは、悪気はないんだよ。おまえのことが好きなんだってことは、疑《うたが》わないでくれよ」

ミノルさんは、にこっとうれしそうに笑った。

「トシオちゃん、ぼくのこと、すき?」

「ああ、好きだよ。だって、おまえは、かわいそうだからな。優《やさ》しくしてやらないと」

ミノルさんは、うれしそうににこにこしていたが、ぼくは、ちょっともやもやしてしまった。ヒメのほうをうかがうと、ヒメも、もやもやした顔をしていた。

悪気はないのかもしれないけど、この人の話し方は、何だかいちいち引っかかった。

「ミノルさんの、どこがかわいそうなんですか?」

ぼくが、恐《おそ》る恐《おそ》るそうきくと、トシオさんは「決まってるだろ」と自分の頭の横で、人差し指をくるくる回した。

「頭がこれだから、学校でもよくいじめられてたんだ。こいつは、ぼんやりしてて、気が優しいから、いじわるされても気がつかないんだよな」

にこにこしていたミノルさんは、いつのまにか、ふわっとした笑顔に戻ってしまっていた。

「中学からは、特別な学校に行ったから大丈夫だったけど、小学校のころはたいへんだったよ。おれが宿題を見てやろうとしたら、筆箱に鉛筆《えんぴつ》が一本も入ってなくてさ。ミノルがじいやさんに駄々《だだ》をこねて買ってきてもらった、戦隊ヒーローの柄の鉛筆だったんだ。どうしたのかきいたら、友だちに貸《か》してあげたって。貸してくれって言って、取り上げるんだよ。返す気なんかないんだ、ひどい奴《やつ》らだ」

話しながら思い出したのか、トシオさんはぷりぷり怒《おこ》った。

「おれが、いじめっ子たちの家に行って、取り返してきてやったんだ。同い年で遅《おく》れてるミノルにはえらそうにできても、家に高校生がたずねてきたら、とたんにおたおたしちゃって。ミノルにいじわるしたら、高校生のアニキが出てくるって分かってからは、いじめられなくなったけどな」

「トシオさんは、お兄さんじゃないでしょう？」

ヒメがそうきくと、トシオさんはちょっと気まずそうな顔になった。

「ミノルのアニキってことになってたんだよ。おれは、子供のころ、ずっとこの家に住まわせてもらってたから」

そして、トシオさんは、ぼくたちがきいてないのに、言《い》い訳《わけ》っぽく付け加えた。

「親父《おやじ》が商売を失敗して、一家離散《りさん》になってたからさ。それで、ミノルの親が、ミノルの面倒《めんどう》を見てくれるなら、大人になるまでここに住んでいいって……まったく、だめな親を持つと、子供はたいへんだよ」

とにかく、と、トシオさんはミノルさんの肩を叩《たた》いた。

「おれは、ミノルの親には感謝《かんしゃ》してる。だから、ミノルには優しくしてやろうと思ってるんだ。ひとりぼっちで、かわいそうなやつだからな」

また、ぼくの気持ちはもやもやした。

と、そのとき、耳元で声がした。

「ミノルハ、ヒトリボッチジャナイ」

ハリーの声は、まるでぼくの心の声のようだった。

「ヒコト　ヒメモ　イルシ、オレタチモ　ズットムカシカラ、マモッテル」

トシオさんに反論《はんろん》するようなハリーの言葉は、胸《むね》がすかっとしたけど、頼むから見つからないでよ、と、ぼくはそわそわした。

「コイツハ、イヤナヤツニ　ナッタ。オレハ、イヤナヤツニ　ナッテカラシカ　シラナイケド」

ハリーは、怒ったようにそう言った。ハリーのほうは見られないけど、鼻の頭にシワを寄せた顔まで、思《おも》い浮《う》かぶようだった。

庭には、ホタルブクロが咲いていた。

ツリガネニンジンとよく似《に》た花だけど、ツリガネニンジンは、花からめしべが長く突《つ》き出《だ》しているので、見分けがつく。めしべが出ていなくて、もっと袋っぽい形をしたのが、ホタルブクロだ。

それこそ、中にホタルを入れたら、かわいいちょうちんになりそうな感じ。

「これは、ホタルブクロだよ」

ぼくが教えてあげると、ミノルさんは、いっしょうけんめい図鑑の後ろをめくった。たくさん植物の名前を調べているうちに、ミノルさんは、五十音順の索引《さくいん》を調べられるようになったのだ。

でも、調べるスピードは、とてもゆっくりだ。五十音を、頭から順番に見ていくから。

「はー、ひー、ふー、へー、ほー……あった！　ホタルブクロ！　132ページ！」

索引で調べて分かったページ数を開くと、ホタルブクロの写真がのっていた。ちょうど、実際《じっさい》に咲いているものと、色合いも似ている。

ミノルさんは、うれしそうに笑った。花の色合いは、株《かぶ》によってそれぞれちがう。写真の具合によってもちがう。実際に見つけた花と、写真の花の色合いがちがっても、ミノルさんはちゃんと納得《なっとく》するけど、実物と図鑑がそっくりなほうが、うれしいのだ。

はーっ、と呆《あき》れたようなため息をついたのは、トシオさんだ。

「おまえら、こんな悠長《ゆうちょう》なことに、いつも付き合ってるの？　えらいね」

散歩についてくるのはいいけど、静かについてきてほしいなぁ。ぼくがそう思ったとき、耳元でまたハリーが呟《つぶや》いた。

「ツイテクルナラ、ダマッテツイテコイヨナ」

まったく同じことを思っていて、笑ってしまう。

「トシオさんは、まだ帰らなくて大丈夫なんですか？　お仕事とか……」

ヒメがそうきくと、トシオさんが苦笑いした。

「そう、きらうなよ。もうじき帰るさ」

ヒメの質問《しつもん》は、早く帰ってほしいなという本音が見え見えだったらしい。

「おれの仕事は、時間の自由がきくんだ。テレビのディレクターだからな」

「テレビ局の人なんですか？」

ぼくがきくと、トシオさんは「ちょっとちがうな」と気障《きざ》な仕草で指を振《ふ》った。

「テレビ番組を作る制作《せいさく》会社なんだ。テレビの番組は、テレビ局だけが作るんじゃなくて、おれたちみたいな会社が請け負《うお》って作るものも、いっぱいあるんだ」

テレビ局とテレビの制作会社の区別はよく分からなかったけど、とにかくトシオさんがテレビの仕事をしていることは分かった。そして、トシオさんの言い分では、テレビの業界の人は口が悪いということだが、それはほかのテレビの人に会ったことがないので、よく分からなかった。

ピンクのシャツを着てるのも、テレビの人だからかな？　と思った。テレビの人なら、派手《はで》なイメージがあるから、ピンクのたてじまを着ていてもふしぎじゃない。

「どんな番組を作ってるんですか？」

ヒメが、そうたずねた。せっかくの散歩に、余計《よけい》な茶々を入れられるくらいなら、別の話題にのっかっておこう、と思っているようだった。

「ドラマとか特番とか、いろいろ作るよ。お盆《ぼん》の前に、おまえらが好きそうな番組が放送されるぞ。今、作ってるところなんだ」

「どんな番組ですか？」

きいたぼくに、トシオさんは自慢げに答えた。

「心霊《しんれい》特番だ。子供は好きだろ、こういうの」

「人によると思います」

ヒメのつれない返事に、トシオさんは「ええっ」とうろたえてしまった。

「今の子って、心霊番組きらいなの？　やばい、おれ、ファミリー層《そう》を当《あ》て込《こ》んで、夏休み特集の企画《きかく》出したのに……」

あまりにもショックを受けているので、かわいそうになって、ぼくは横から口をはさんだ。

「ぼくは、けっこう見ます。クラスの男子も」

男子のほうは、むしろ、そういう番組はチェックしておかないと、次の日の話題に乗《の》り遅《おく》れてしまう。まあ、そのときは夏休みに入っていたから、そこは大丈夫だったけど。

「おっ、オッケーオッケー。心霊写真のコーナー、あるある」

トシオさんは、気を取り直したようにガッツポーズした。

「心霊写真とか、恐《こわ》くておもしろいです」

「恐くておもしろいなんて、信じられない」

ヒメは、ちょっと呆れたように、ぼくたちに冷たい視線《しせん》を向けた。ホラーは、あまり好きじゃないようだ。

「ぼくも、こわいから、きらい」

「おまえは、子供じゃねえだろ」

トシオさんは、ミノルさんのおでこを軽くはじいたが「まあ、子供みたいなもんか」と呟《つぶや》いた。

そして、ヒメに向かって、にかっと笑う。

「ヒメちゃんも、よかったら見てくれよな。じいやさんににらまれながら、いっしょうけんめい作った番組なんだから」

「何で、じいやさんににらまれるんですか？　ミノルさんが恐がる番組だから？」

ぼくがきくと、トシオさんは、ちょっと気まずそうに頭をかいた。

「ロケの場所を、よく借りるんだよ。公共の場所だと許可《きょか》が面倒だし、私有地《しゆうち》は、タダで貸してくれるところが少ないし……ミノルの家は、いろんな土地を持ってるからな。でも、心霊物は、放送後に肝《きも》だめしとかで、ばかな若《わか》いやつらが、勝手に入《はい》り込《こ》んだりするからさ」

すると、ヒメが薄気味悪《うすきみわる》そうに、肩を縮《ちぢ》めた。

「ミノルさんのところの土地って、幽霊《ゆうれい》の話とか、そんなにたくさんあるの？」

「ただのやらせだよ、やらせ。でも、信じちゃう視聴者《しちょう》も、いるからさ」

やらせ、という言葉は、ぼくはそのとき、初めて聞いた。

「やらせって？」

「分かりやすく言うと、うそってことだよ。でたらめ、でっち上げだ」

「それって、悪いことじゃないか」

ぼくは、思わずとがめた。じいじさんが怒るのも当然だ。自分のところの土地を、うその番組に使われて、怒らないはずがない。

だが、トシオさんは、まったく悪びれなかった。

「夢《ゆめ》を売ってるんだよ、夢を。テレビを見て、楽しいんだから、視聴者も損《そん》はしないだろ。ギブアンドテイクっていうやつだ」

「うその番組だって知ったら、楽しくないよ」

「うそだって、知らせなきゃいいんだよ」

ぼくは、はっと気がついた。

「心霊写真も、うそなの？」

「うその写真もあるし、うそかほんとか分からないのもある。鑑定《かんてい》する霊能力者《れいのうりょく》だって、本物かインチキかなんて、おれたちには分からないしな」

全部うそだと言われなくて、少しほっとした。心霊番組を見た次の日、学校で「あれ見た⁉」とはしゃいでいた友だちのことを思うと、丸っきりうそというのは、やりきれない。

「ヤッパリ、コイツハキライダ」

ぼくの耳元でハリーの呟く声がした。

「マタナ」

そして、黒い影《かげ》がシュッと跳ねた。トシオさんの話を聞いていたら、いらいらしてくるから、帰ったのだろう。

と、ミノルさんがハリーの去った方向を見送って、バイバイをした。

「何、バイバイしてるんだ？」

トシオさんにきかれて、ミノルさんはにこっと笑った。

「おともだち。かえった」

「そういえば、おまえ、昔からそんなこと言ってたな。幽霊だか妖精《ようせい》だか知らんけど、見えるって」

と、ミノルさんがぶるぶるっと身ぶるいした。

「ゆうれいだったら、こわいよ。おともだちは、コロボックル。ちいさいひとだよ」

「コロボックル？」

トシオさんが、首をひねった。

「そういえば、子供の頃、何かで読んだな。学校の図書室で借りたんだっけ」

それなら、コロボックル物語だったにちがいない。「何か、意外」と、ヒメが小さく呟いた。

ぼくも、同感だった。

トシオさんみたいな、軽薄《けいはく》で不まじめな大人が、コロボックル物語を読んだことがあるなんて。

「好きだったんですか？」

ぼくがきくと、トシオさんは遠い昔を思い出すような顔をした。

「……うん。好きだったような気がするな。何冊《さつ》かあって、何度も借りた覚えがある」

ますます、驚きだ。コロボックル物語を好きだった子供が、テレビのやらせは当たり前なんて言う大人になるなんて。コロボックル物語を好きだった気持ちは、一体どこへ行ってしまったんだろう。

「本を読むのが、好きだったんですか？」

ヒメが、そうきいた。トシオさんは、今度はすぐにうなずいた。

「本を読んでる間は、忘《わす》れられるからな」

「忘れるって、何を？」

ぼくの質問に、トシオさんは、忌々《いまいま》しそうに吐《は》き捨《す》てた。

「現実《げんじつ》をさ。親父が下手《へた》な商売に手を出して、家に借金取りが来たり、おふくろが、夜中に内職《ないしょく》しながら泣いてたり……」

ぼくたちは、何も言えなくなってしまった。ミノルさんも、困ったようにふわっと笑っている。

「貧乏暮《びんぼうぐ》らしで、家にテレビもなくてさ。でも、学校じゃ、友だちが毎日、きのう見たテレビの話をしてる。こういう、みじめな現実を、本を読んでる間だけは忘れられるんだ」

ぼくは、ヒメにコロボックル物語を教えてもらって、本を読む楽しさを知った。そして、ほかの本もたくさん読むようになった。ぼくが本を読むのは、楽しいからだ。ぼくに、本の楽しさを教えてくれたヒメも、きっと同じだ。

現実を忘れるために本を読む、という発想は、そのときトシオさんの話を聞くまで、ぼくにはまったくなかった。

もし、自分がそんなふうにしか本を読めないとしたら、つらいだろうな、と思った。

「昔はカラーテレビが三種《さんしゅ》の神器《じんぎ》だったけど、おれたちの世代でテレビがないなんて家、めったになかったからな。みじめだったし、くやしかったし……だから、大人になったら、絶対《ぜったい》テレビを作る側の人間になってやるって思ったんだ」

こんなとき、大人だったら、どんな相《あい》づちを打つんだろう。でも、ずっと黙り込んでいるのも、何だか悪いような気がした。

と、そのとき、ヒメが口を開いた。

「テレビを作る人になって、幸せですか？」

トシオさんの表情が、ふっと、からっぽになった。ぼくが、もっと大きくなってから知った、「虚《きょ》をつかれた」という表現《ひょうげん》は、そのときのトシオさんに使うとぴったりだったかもしれない。

トシオさんは、言葉を探《さが》すように、しばらく考《かんが》え込《こ》んだ。

「おもしろい番組ができたときは、ざまあみろって思うよ。昔、おれのことをばかにしたやつらが、おれの番組を楽しんでると思うと、スカッとする」

そして、続けて、こう言った。

「やらせが混じったひどい番組を作ったときも、ざまあみろって思う。昔、おれのことをばかにしたやつらが、おれの番組に踊《おど》らされてると思うと、スカッとする。……あれ？」

トシオさんは、へらっと笑った。笑っているのに、何だか、どこかが痛《いた》いような笑顔だった。

「どっちにしても、ざまあみろって思ってるんだな、おれは」

「おもしろい番組のときは『できた』って言って、やらせの番組のときは『作った』って言うんですね」

ぼくは、何の気なしに、気がついたことを言っただけだったが、トシオさんの表情は、急激《きゅうげき》にひびわれた。

そして、さっきより、もっと痛いような顔で笑った。

「子供は、痛いところを突《つ》いてくるから、苦手だよ。退散《たいさん》、退散」

そして、トシオさんは、まるで逃《に》げるように帰っていった。

その日の散歩は、ミノルさんのネームプレートが三枚《まい》増えたところで、終わった。

おやつに、フミさんがむいてくれた小夏を食べて、ぼくたちは蜂場へ帰った。

その日の夜に、ハリーがぼくの部屋にやってきた。

「トシオニ、イヤナコトヲ　イワレナカッタカ？」

途中《とちゅう》で帰ってしまったけど、ぼくたちのことを心配していたらしい。

「大丈夫だったよ、あれからトシオさんもすぐ帰ったから」

「ナラ、ヨカッタ」

ハリーは、ぼくの筆箱《ふでばこ》に腰かけて、えらそうに足を組んだ。

「アイツハ、イツモ　ミノルニ　イヤナコトバカリ　イウンダ」

「うん。でも……」

「ナンダ？」

「何でもない」

トシオさんは、ちょっとかわいそうな人かもしれないよ。――そんなことを言ったら、ハリーは「アイツノ　カタヲ　モツノカ⁉」とぷりぷり怒りそうだ。

それに、大人の人をかわいそうと言ってしまうのも、気がひけた。――トシオさんが、ミノルさんのことをかわいそうだと言うたびに、ぼくはもやもやした。

それまで、考えたこともなかったけど、かわいそうという言葉は、使い方がとても難《むずか》しい言葉なのだ。

そして、大人に向かって、かわいそうという言葉を使うのは、このころのぼくには、ちょっと難しすぎた。

ずいぶん大きくなってから知ったことだが、トシオさんがミノルさんの家に来るときは、撮影《さつえい》の場所を借りるほかに、お金を貸してもらうという目的もあったらしい。トシオさんは、見栄《みえ》を張《は》って派手な生活をしていたので、生活が苦しくなることがよくあったのだそうだ。

ミノルがさびしがっているだろうから、会いに来てやった。そう言いながらやってくるトシオさんに、じいじさんはいつも「お車代」を渡していたという。

気の小さい方でしたからね、とじいじさんは後《のち》にそう言った。仕事先の方に、足元を見られるのが、恐くて仕方なかったのでしょう――と。

お車代は、ミノルさんの両親から、渡してやるようにと言われていたそうだ。お金が目的でも、ミノルさんの両親としては、トシオさんがミノルさんに会いに来てくれることがありがたかったらしい。自分たちが、あまりかまってやれないから、余計だろう。

トシオさんが、お車代として渡されたお金を、返しに来たことがあるかどうかは、そのときのじいじさんにきけなかった。


お盆の前の週末に、トシオさんの作った番組が放送された。

ローカル局の、昼下がりの番組だった。真っ昼間に心霊特集番組というのも、ふしぎな感じがしたけど、いわゆる夜のゴールデンタイムは、全国ネットの番組をやるので、地元のテレビ番組は放送の時間が取れないのだそうだ。

作った人から、やらせのコーナーがあると聞いてしまったので、わくわく感は半減《はんげん》だったけど、見なかったら、トシオさんと顔を合わせたとき、文句《もんく》を言われそうなので、しぶしぶチャンネルを合わせた。

「いやぁねえ、そんなテレビ見て」

お母さんが、同じ部屋で洗濯物《せんたく》をたたみながら、顔をしかめた。

「ミノルさんのいとこが作った番組だから」

言い訳のようにそう言ったのは、この番組を見たいと思って見ていると思われるのが、何だか不本意だったからだ。

番組は、地元の幽霊話や怪談《かいだん》を紹介《しょうかい》していく内容《ないよう》で、全国ネットの番組とちがって、北海道の地名しか出てこないので、見はじめるとけっこう楽しかった。

頭の隅《すみ》っこに、やらせの話がちらつかなければ、もっと楽しめただろう。

おどろおどろしい幽霊話がいくつも紹介されて、最初は「いやぁねえ」と言っていたお母さんも、キャッと驚くような場面があった。

見る人を恐がらせるようなＢＧＭがずっと続いていたところに、急にハープを鳴らすような、きれいなメロディーが流れた。

「ＣＭの後は、ちょっと夢のある、ファンタジーなお話です」

女性《じょせい》アナウンサーが、優しげな声で、そう説明した。

「皆《みな》さんは、コロボックルって知ってますか？」

ぼくの心臓《しんぞう》が、びくっと縮こまった瞬間《しゅんかん》に、テレビはＣＭに切り替わった。

地元のお菓子《かし》メーカーやスーパーのＣＭがいくつか流れた。

ＣＭが終わると、顔を映《うつ》さない映し方で、男の人が映った。

「そうですね……」

テロップでは、タカオ（仮名《かめい》）さんになっていたが、声は変えていなかったので、トシオさんだとすぐに分かった。昔の教室風のセットで、思い出話のようにしゃべっていた。

「私《わたし》の親戚《しんせき》に、ちょっとおっとりした男の子がいたんです。その子がね、何というか、いわゆる……〝見える〟子だったんですよ」

思わせぶりなトシオさんの言葉にかぶせて、再現《さいげん》ＶＴＲが始まった。

アイドルみたいにかわいい顔をした男の子と、中学生くらいのお兄さんが、手をつないで、花のたくさん咲いたきれいな公園を歩いていた。

知らない人には公園に見えるだろうけど、ミノルさんの家の庭だった。きっと、じいじさんに適当《てきとう》なことを言って、撮影場所を借りたにちがいない。

男の子の名前は、テロップでミチオ（仮名）くんと出ていた。

ぼくの心臓は、どんどん縮こまった。

ミチオ（仮名）くんは、草花が大好きで、タカオ（仮名）さんといつも植物図鑑を持って散歩をしていた。

見つけた植物を図鑑で調べ、ノートに観察日記を書くのが好きだった。

そんなふうに散歩をしているとき、ミチオ（仮名）くんは、よく「あらぬ方向」を見つめた。

タカオ（仮名）さんがそっちを見ても、何も見えなかった。

タカオ（仮名）さんが、「何を見てたんだ？」ときくと、ミチオ（仮名）くんは、いつもこう答えた。

「ぼくの秘密《ひみつ》の友だち」

「ぼくには、小人が見えるんだ」……

テレビの中のミチオ（仮名）くんは、とても利発《りはつ》そうに喋《しゃべ》り、図鑑もてきぱき調べ、観察日記を手早く書いていた。

ノートには、きれいな小さな字が、細い罫線《けいせん》を少しもはみ出さずに並《なら》んでいた。

「何ていうか、犬や猫《ねこ》が、何もないところをじーっと見てることがあるでしょう？」

再現VTRがとぎれて、また顔を映さずにトシオさんが映った。

「ああいうとき、動物って霊を見てるっていうじゃないですか。あんな感じで、何もないところを、ふっと見るんですよね。ミチオも、霊感《れいかん》が強かったんでしょうね。だから、ふつうの人には見えない、ふしぎなものが見えたんでしょう」

う　そ　つ　き！

おなかの底から、マグマのように怒《いか》りがこみ上げてきて、怒鳴《どな》りださないためには、手のひらに爪《つめ》が食《く》い込《こ》むほど、ギュッと握《にぎ》りしめなくてはいけなかった。両方とも。

台本があるのか、アドリブでしゃべっているのか、どっちか知らないけど、芝居《しばい》がかった口調が、信じられないほど不ゆかいだった。

また、再現VTRが始まった。

ミチオ（仮名）くんが、夕方になっても家に帰ってこなかった。いっしょに遊んでいた友だちとはぐれ、山の中で迷子《まいご》になったのだ。

北海道の山は深い。原生林に迷《まよ》い込《こ》んだら、子供の足ではとても帰ってこられない。それに、夏はヒグマも人里近くまでやってくることがある。

タカオ（仮名）さんや、じいじさんらしきおじいさんも、必死で心当たりの場所を探《さが》し回《まわ》ったが、ミチオ（仮名）くんは一向に見つからない。

ついに、警察《けいさつ》や消防団《しょうぼうだん》が出動して、小さな町は大騒《おおさわ》ぎになった。

そこへ、ミチオ（仮名）くんは、何事もなかったかのように、ひょっこり戻ってきた。事情《じじょう》を聞かれて、にっこり笑い、「みんなとはぐれて、困ってたんだけど、友だちが道を教えてくれたんだ」と答えた。

「その友だちっていうのが、」

また、ＶＴＲがトシオさんのコメントに戻った。

「その小人だったというんです。大人は誰《だれ》も信じなかったけどね。そういうことが、よくあったんです。道に迷《まよ》ったり、山の中でヘビに出くわしたり、ミチオが困った目にあうと、必ず小人が出てきて助けてくれたっていうんです。今でも、私が会いに行くと、誰もいないのに小さな声で、誰かとしゃべっているときがあるんですよ」

トシオさんがしゃべっているＶＴＲが終わって、スタジオにカメラが戻った。

美人な女性アナウンサーの笑顔がアップになる。

「こわ〜い怪談話でゾ〜ッとしたところに、心温まるお話でしたね。さて、この小人ですが……実は、北海道には、昔から小人の伝説があるということを、ご存《ぞん》じですか？」

アナウンサーが問いかけたのは、ゲストのタレントだ。

「あ、ぼく、知ってます」

手をあげたのは、全国ネットの番組でもときどき見かける、お笑いタレントの男性《だんせい》だ。

「コロポックル……コロボックル、どっちでしたっけ？　何か、地元出身の小人さん、いてはるんでしょ？」

「出身て！　タレントかい！」

コンビの相方につっこまれて、タレントさんがテヘへと笑った。

「コロポックル、コロボックル、どちらでもまちがいではありません」

女性アナウンサーは、優しくそう言った。

「アイヌ語で、ふきの葉の下の人という意味で……」

説明は、ぼくが知っていることばかりだった。

「そして、何と、このコロボックルのことを書いた童話もあるんです」

心臓が、最大級に縮こまった。ぎゅうっとしぼられて、ねじられて、一番力のかかったところから、みりみりとちぎれてしまうんじゃないかと思った。

ぼくのよく知っている、四冊の本の表紙が、テレビの画面に大きく映った。

「いやね」

そう呟いたのは、お母さんだった。お母さんが、洗濯物をたたむ手は、止まっていた。

「……どうして？」

ぼくが、いやだと思う理由は、たくさんあった。ありすぎて、あふれて、言葉がぐちゃぐちゃになってしまいそうなほど、たくさんあった。

お母さんもいやだというのは、おなかの中のマグマに後《うし》ろ盾《だて》をもらえたようで心強かったけど、どうしてお母さんがいやだと思うのかは、分からなかった。

お母さんは、一瞬《いっしゅん》、返事をしなかった。険《けわ》しい顔でテレビを見つめていて、気がつかなかったらしい。

「お母さんも、いやなの?」

ぼくが重ねてきくと、お母さんは、しかめっ面で、ぼくのほうを向いた。

「だって、ヒコの好きな本でしょう? こんな、いいかげんな番組で取り上げられるのは、いやだわ。ちゃんと本を紹介してくれる番組ならいいけど」

鼻の奥《おく》が、ツンとした。

四方八方、敵《てき》だらけの合戦場《かっせんじょう》で、百万の味方が来たような気分だった。

「ヒメちゃんだって、好きなんでしょう?」

そうだ、ヒメ! ぼくは、はじかれるように立ち上がった。

ヒメも、この番組を見ているだろうか。もし見ていたら、一体、どんな気持ちでいることか!

ぼくが、部屋を駆《か》け出《だ》していこうとしたとき、さっきのお笑いタレントの声がした。

「もし、ほんまにコロボックルがおったら、ええですね。番組で、探してみたらどうですか」

余計なことを、言うなよ! そう怒鳴りつけてやりたかった。

「ミチオくんみたいに、見える人がほかにもおるかもしれへんし。北海道じゅうのふきの葉っぱめくったら、一人や二人は見つかるんちゃいます?」

「いいですねえ! 本当にいたら、すてきですものね!」

女性アナウンサーのはしゃいだ声も、耳にキンキン不ゆかいだった。

それ以上、見ていられなくて、ぼくは今度こそ部屋を飛び出した。

ヒメのところへ、行ってあげなくちゃ。そう思っていたけど、もしかしたら、ぼくは、テレビから逃《に》げ出《だ》したいだけかもしれなかった。

自転車をめちゃくちゃに蹴《け》って、ぼくは新記録でヒメの家にたどりついた。

ぼくが来たところを家の中から見ていたのか、呼び鈴《りん》を押《お》す前に玄関のドアが開いた。

出てきたのは、ヒメだった。

目が赤く充血《じゅうけつ》していた。泣いたのかな、と思って、ぼくはかける言葉を失った。どうやって、なぐさめたらいいいんだろう。

と、ヒメが口を開いた。

「番組、最後まで見た?」

硬《かた》く、芯《しん》の通った声だった。ぼくは、首を横に振った。

「コロボックルの、目撃情報《もくげきじょうほう》を募集《ぼしゅう》するって。連絡《れんらく》先が出てた」

ヒメが、ぎゅっと両手をこぶしに握った。ぼくが、芝居がかった口調でしゃべるトシオさんを見ながら、手のひらに爪が食い込むほど握ったように。

そのこぶしを見て、ぼくは悟《さと》った。

ヒメは、めちゃくちゃに怒っているのだ。

「コロボックルを見つけた人には、賞金を出すって。有力な情報をくれた人にも」

日差しがかげったわけではないのに、目の前がすっと暗くなった。まるで、ずっとしゃがんでいて、急に立ち上がったときみたいに。

一体、何てことをしてくれたんだ、トシオさん！

「あんな番組、うそばっかり」

ヒメは、怒りを押し固めたような声で、そう呟いた。

「ミノルさんのことも、うそばっかり」

図鑑で、草花を調べながら散歩していたのは、タカオ（仮名）さんじゃなくて、ぼくたちだ。

最初は、ヒメの遊びだった。ヒメの遊びをミノルさんも気に入って、いっしょに散歩をするようになったのだ。

ミノルさんは、あんなにスマートに図鑑を調べることはできない。

ミノルさんは、ノートの細い罫線から、はみ出さずに字を書くことはできない。

ミノルさんに霊感があるだなんて、ミノルさんからも、じいじさんからも、フミさんからも、ぼくたちは一度も聞いたことがない。

だけど、ただひとつだけ――

コロボックルのことだけが、本当だ。

そして、そのことが、大問題だった。


緊急事態《きんきゅうじたい》だった。ぼくたちは、真剣《しんけん》に考えた。

もし、コロボックルが人間に見つかってしまったら、どうなるか。

きっと、テレビで見世物《みせもの》になって、世の中は大騒ぎになるだろう。どこか、この辺りの蜂場の近くにあるというハリーの国も、見つけ出されて、めちゃくちゃに荒《あ》らされることだろう。

新種の生き物が発見されたということで、コロボックルを研究したがる学者もたくさん出るにちがいない。

『コロボックルは、学者にひきわたされて、ガラスのびんにいれられ、標本にされてしまうかもしれない』──コロボックル物語でも、せいたかさんが心配していたとおり、コロボックルは、研究機関に引《ひ》き渡《わた》されて、いろんな実験をされたり、解剖《かいぼう》されたりしてしまうだろう。

でも、どうしたらいいのかなんて、さっぱり分からなかった。ただ、見つからないことを祈《いの》るしか。

「ハリーは、しばらく、ミノルさんのそばに近づかないでくれよ。ハリーの国の仲間も」

週に何度か、夜にぼくの部屋に来るようになったハリーは、「ハァ?」と首をかしげた。

「ミノルノ ソバニイナイト、ミノルヲ マモレナイダロウ」

ミノルさんが危《あぶ》ないことにならないように、見守る役目のコロボックルがいるのだと、ハリーは言った。

「でも、今は、ミノルさんの近くにいると、コロボックルが危ないことになるんだ」

「ドウイウコトダ?」

ぼくは、ハリーに、トシオさんのテレビのことを説明した。番組の中で、ミノルさんをモデルにしてコロボックルのことが紹介されてしまったこと。番組が、懸賞《けんしょう》金をかけて、コロボックルを探そうとしていること。

もし、人間に捕《つか》まったら、コロボックルがひどい目にあうこと――

「マッタク、トシオノヤツハ」

ハリーは、もちろん怒った。でも、続けて、こう言った。

「シンパイスルナ。オレタチハ、ノロマナニンゲンニ　ミツカルヨウナ　ヘマハシナイ」

コロボックルはすばしこいから、大きなカメラを背負《せお》ってドヤドヤやってくる人間なんかには、見つからないというのだ。

「コロボックルガ　ニンゲンニ　ミツカルノハ、ユダンシテイル　トキダケダ。ミノルノトコロニ　イクトキハ、ユダンシナイヨウニ　スルカラ、ダイジョウブダ」

「そういうことじゃないんだよ」

ぼくは、もどかしさをこらえて、丁寧に説明した。

「確《たし》かに、コロボックルはすばしこいから、人間には、めったなことでは見つからないと思うよ。でも、今は、技術《ぎじゅつ》がすごく進歩してるんだ」

そのことも、ぼくはヒメと話した。

「ハイスピードカメラっていって、ものすごくスピードの速いものを、映せるカメラがあるんだ。時速一二〇㎞で飛んでくる、野球のボールの縫《ぬ》い目《め》を数えられるくらいに、ゆっくり再生《さいせい》できるカメラが」

時速一二〇㎞、という数字で、ハリーは、ちょっと真顔になった。さすがに、コロボックルも、時速一二〇㎞では動けない。

もし、テレビクルーが、そんなカメラを何台も持《も》ち込《こ》んできたら。

そして、うっかり、画面の隅を、コロボックルがかすめてしまったりしたら。

「その場では分からなくても、スロー再生で分かっちゃうよ。確かに、コロボックルはすばやいけど、ミノルさんには、よく見つかってるじゃないか。ぼくだって、ハリーがいるって最初から分かってたら、飛んだ方向くらいは分かるよ。カメラマンは、プロなんだから、きっと、ぼくらよりずっと、鋭《するど》いよ」

プロのカメラマンが、すごいカメラを使って撮影したら、もっと見つかりやすくなってしまう。ぼくはそう思ったのだが、ハリーは鼻で笑った。

「カメラヲ　ツカウノガ、ニンゲンナラ　シンパイナイ。ドンナニスゴクテモ、カメラナンカ、メノ　エンチョウダ」

「どういうこと？」

「ニンゲンハ、ジブンガ　ミタイモノシカ　ミナイ。オレタチガ、ミノルニ　ヨクミツカルノハ、ミノルガ　ナニモミツケヨウト　シテナイカラダ」

そして、ハリーは、不敵《ふてき》に笑った。

「モシ、オレガ　ホンキヲダシタラ、オマエハ、イッショウ　オレヲ　ミルコトハ　デキナイ。ミヨウトスル　オマエノイシキノ　ウラガワニ、オレハ　マワリコムカラダ」

ハリーによると、何かを見つけようとしている人間ほど、何も見ていないのだそうだ。探しているものを見つけたいという意識《いしき》が強すぎて、かえって、周囲に不注意になって、死角が増えている。だから、見つけようという意識の死角に入り込むことは、簡単《かんたん》だと。

「オマエモ、オレヲ　ミツケヨウトシテ、ミツケタコトハナイハズダ」

確かに、それはそうだった。探すと見つからなくて、無意識《むいしき》のときは目の端《はし》で跳ねる影に気がつく。

ミノルさんは、無心に周りを眺《なが》めているから、視界《しかい》の中のちょっとした変化に気がつきやすいらしい。

「ダカラ、ズカンヲ　シラベテイルトキハ、スキダラケダゾ。オレイガイノ　コロボックルガハシッテイルトキモアル。ヒコモ、キヅカナカッタダロウ」

うん、とぼくはすなおにうなずいた。──でも。

「でもさ。ぼくが、一生ハリーを見ることができないなんてたとえ話をするなよ。さびしいじゃないか」

ぼくは、それを想像《そうぞう》して、本当にちょっぴり泣きそうだった。

ぼくの抗議《こうぎ》に、ハリーは最初きょとんとしていたが、やがて「ワルカッタ」とばつが悪そうな顔で謝った。分かればよろしい。

「それと、テレビで懸賞金がかかったことは、みんなで相談しといてくれよ」

「ワカッタ、ワカッタ」

「ぼくは、ほとぼりが冷めるまで、ミノルさんのところには来ないほうがいいと思うけど」

もう一押《ひとお》ししてみたが、それはのれんに腕押《うでお》しだった。

「オレタチハ、ミノルヲ　マモラナイトイケナイカラナ」

どうやら、ぼくの忠告《ちゅうこく》は聞き入れてもらえそうになかった。

次の日、ヒメがうちにやってきた。

「遊びに来ました」

玄関で、うちのお母さんにはそう言っていたが、ぼくの部屋に入るなり、深刻《しんこく》な表情になった。何か、相談があることは明らかだった。

お母さんがジュースとお菓子を出してくれてから、ぼくはヒメに「どうしたの」ときいた。

ヒメは「あのね」と、手提《てさ》げ袋《ぶくろ》から花柄《はながら》の封筒《ふうとう》を取り出した。

「この手紙を、ヒコくんの部屋に置かせてほしいの」

封筒の表書きには、「コロボックルさんへ」と書いてあった。

「ヒコくんの部屋には来たことがあるから、ここに置いておけば、読んでもらえるかもしれないと思って。ヒコくんのお父さんとお母さんに見つからないように、夜、寝《ね》るときに出して、朝、起きたら、しまってほしいの」

「読んでもいい？」

「うん。読んで」

ヒメが、きっちり正座《せいざ》をしていたので、ぼくも、きちんと座《すわ》り直した。

封筒とおそろいの花柄の便箋《びんせん》に、びっしりときれいな字がつづってあった。

『コロボックルさんへ。

はじめまして。わたしは、コロボックルが大好きな、小学校四年生の女の子です。

名前は、原田ヒメです。

突然《とつぜん》のお手紙、ごめんなさい。実は、コロボックルさんに、どうしても知らせないといけないことがあるのです。』……

手紙の中で、ヒメは、ぼくがハリーに忠告したのと同じことを、切々と訴《うった》えていた。

見つからないように気をつけてほしい、と。

『人間が、むかし、ひどいことをしたせいで、かくれてしまったのに、また人間がコロボックルさんをさわがせてしまって、ごめんなさい。

コロボックルさんは、人間を信用していないでしょうから、わたしのことも、信用してもらえないかもしれません。

でも、どうしても教えてほしいことがあります。』

ぼくは、思わず手紙から目を上げて、ヒメを見た。

「教えてほしいこと？」

「読んで」

強くうながされて、ぼくはまた手紙に目を落とした。

『コロボックルさんの国は、どこにありますか？

コロボックルさんの国には、何人のコロボックルがいますか？

国中の荷物をまとめたら、どれくらいの量になりますか？（大きさと重さ）

もしも、コロボックルさんがテレビに見つかって、国を引っこししないといけなくなったら、わたしがお手伝いします。

わたしの家は、はち屋です。夏の終わりに、北海道を出て、九州にわたります。

家族にないしょで、コロボックルさんの引っこしを手伝えると思います。

九州まで行ってしまえば、北海道のテレビ局は、追いかけてこないと思います。

もしも、わたしだけで引っこしを手伝うのがむりだったら、もうひとり、信用できる友だちがいます。

その友だちも、コロボックルが大好きな、小学校四年生の男の子です。

絶対に、ひみつを守れると思います。

いざというとき、すぐに国ごと引っこしできるように、準備《じゅんび》をしておきたいので、どうか質問に答えてください。

よろしくお願いします。』

いろんな思いが、胸《むね》の中《なか》にこみ上げた。

「……すごいね」

一番大きく胸の中を占《し》めた思いが、呟きになってこぼれた。

「一人で、こんなこと考えついたの？」

ヒメは、ううんと首を横に振った。

「コロボックル物語を、読み返したの。何か、コロボックルを助けられるヒントがないかなって。そしたら、ヒコ老人が、どうにもならなくなったら、引《ひ》っ越《こ》しすればいいって」

『だれも知らない小さな国』で、コロボックルたちは、国がなくなってしまうような大ピンチに陥《おちい》る。

みんなが焦《あせ》る中、長老のモチノキノヒコは、いざとなったら国を捨《す》てて、新しい場所に新しい国を作ればいい、と落ち着きはらっているのだ。

「どうかなぁ？」

ヒメは、心配そうにぼくに聞いてきた。

「コロボックルの国の荷物、わたしとヒコくんで手分けしたら、家の引っ越しの荷物にまぎれて運べるんじゃないかと思って。コロボックルは、隠《かく》れてついてきてくれたら、移動《いどう》中のごはんや飲み物は、わたしたちのおこづかいで買ってあげられるし」

ぼくは、たかぶった気持ちをしずめるために、大きく深呼吸《しんこきゅう》した。

それから、大声にならないように、気をつけて声を出した。

「すごいよ、ヒメは」

逆転《ぎゃくてん》サヨナラホームランだ。もし、見つかってしまっても、国ごとどこかへ消えてしまったら、誰もコロボックルを探せない。北海道で消えたコロボックルが、九州にいるなんて、きっと誰も分からないだろう。

「いい考えだと思う。手紙、ちゃんと毎晩《まいばん》、出しておくよ」

実際は、ハリーが来たときに相談するけど、それは言えないのが残念だった。

言えないことが、もうひとつあった。

手紙に、ぼくのことを書いてくれていて、うれしかったということ。――信用できる友だちで、絶対に秘密を守れると書いてくれた。

その言葉だけで、ぼくは、合戦場で百万の敵と戦えると思った。

次にハリーが来たとき、ぼくはさっそく、ヒメの手紙をハリーに見せた。

ハリーは、便箋の上をゆっくり歩きながら、二度読んだ。

コロボックルさんへ
はじめまして。
小学校四年生の女の子です。

そして、

「ヒメハ、イイヤツダナ」

そう言った。

「質問に答えてもらえる？」

ぼくがきくと、ハリーは「ソレハ、オレニハ　コタエラレナイ」と返事をした。

「デモ、セワヤクニ　キイテミル」

世話役というのは、コロボックルの国のまとめ役みたいなものだ。

世話役にきいてみるということは、ちゃんと、ヒメの提案《ていあん》を持って帰って、相談してくれるということだ。

「ニンゲンニ　ミツカルヨウナ　ヘマハシナイケド、モシモノソナエハ　ヒツヨウカモシレナイカラナ」

そして、ハリーは次にやってきたとき、答えを持ってきた。ハリーたちの国は、もしものときの備《そな》えが必要だと判断《はんだん》したらしい。

ハリーは、ぼくに紙とクレヨンを用意させて、こう書いた。

『ニンズウ↓一〇〇〇ニンハ　イナイ。

ニモツ↓キバコフタツ　クライ。

クニノバショ↓イザトイウトキハ　ジブンタチデ　ニモツヲ　ハコブカラ、オシエルヒツヨウハ　ナイ。』

ぶっきらぼうなその手紙が、初めて、ヒメがコロボックルたちとつながったしるしだった。

「国ごと移動するのに、荷物は、木箱二つで足りるの？」

はちみつの運搬《うんぱん》に使う木箱は、確かに大きいけれど、それでもぼくが一人で抱《かか》えられる大きさだ。

「ミノマワリノモノダケ　モッテイク。オオキナモノハ　イッタサキデ　ツクル」

確かに、手先が器用で、働き者のコロボックルなら、そのほうが手っ取り早いかもしれない。

さて、ハリーの手紙を受け取ったヒメはといえば、予想外の反応《はんのう》を見せた。

どんなにかうれしいだろうと、ぼくはヒメの喜びを受け止める準備万端《ばんたん》だったのだが——ヒメは、ぎこちないハリーの字をしげしげと眺めて、うかがうようにぼくを見た。

「……これ、ほんとに、コロボックル？」

「……どういう意味？」

「ヒコくんが、わたしを喜ばせるために、わざと下手に書いたりしてないよね？」

それは、ぼくにたいそう失礼だ！

「こんな大事なことで、うそつくわけないだろ！」

「ごめん！」

ヒメは、カメの子みたいに、首を縮めた。

「何か、うれしすぎて、信じられなくて……」

ため息は、震《ふる》えていた。手紙を持つ手も。

「ごめん、ちょっとつねって。うれしすぎるから、夢かも」

ぼくは、ヒメが向けてきた右のほっぺを、遠慮なくつねってやった。

「いたっ！」

悲鳴を上げたヒメが、ほっぺたをさすりながら、笑った。

「夢じゃない」

ヒメの目に、涙《なみだ》がにじんだ。

「ごめん、強すぎた？」

「ちがうの。うれしすぎて、泣いちゃう」

喜びの爆発《ばくはつ》を受け止める準備しかしていなかったので、ぼくは、ハンカチを持っていなかった。

うれしすぎるを通《とお》り越《こ》すと、泣いてしまうなんて、その頃のぼくは、知らなかった。

あわててハンカチの代わりになるものを探したが、あいにく箱のティッシュしかなかった。

「これ……」

差し出すと、ヒメは二枚取って目元に当て、それから、盛大《せいだい》に鼻をかんだ。

「ごめん、もう一枚もらうね」

涙をぽろぽろ流しながら笑うヒメを、ぼくはとてもかわいいと思った。


ぼくとヒメで、新品の木箱をひとつずつ用意した。

いざとなったら、引っ越せばいい。そう思うことで、追《お》い詰《つ》められていた気持ちは、ずいぶん落ち着いた。

ほかに、できることはあるだろうか。二人で考えて、ミノルさんのところへ行くことにした。テレビの公開捜査《そうさ》がどうなっているのか、じいじさんから聞けるかもしれないし、ミノルさんにも、トシオさんに変な協力をしないように、釘《くぎ》を刺《さ》せる。

ミノルさんのところに遊びに行きたいと頼むと、ぼくのお父さんが、ぼくとヒメをミノルさんの家まで車で送ってくれた。

出迎《でむか》えてくれたじいじさんに、お父さんがはちみつの瓶《びん》を渡した。

「久しぶりに、月見草が取れたので」

「これは、珍しいものを」

じいじさんは、丁寧に受け取って、「帰りは、お送りしますので」と言った。

帰っていくお父さんを見送ってから、ぼくたちはじいじさんに連れられて、家の中へ入った。

ぼくとヒメでお互《たが》いの顔色をうかがい、きく役はぼくになった。

「あのぅ……」

「はい」

「トシオさんの番組、見ましたか？」

「いいえ」

じいじさんから様子が聞けるかも、という目論見《もくろみ》は、あえなくおじゃんだ。

「あの方の作った番組は、見ないことにしているのです。大抵《たいてい》いいかげんで、精神衛生《せいしんえいせい》にあまりよろしくないので」

旦那《だんな》さまの土地で心霊番組なんて、と、じいじさんは嘆《なげ》かわしそうな顔をした。

「ヒコさんとヒメさんは、ご覧《らん》になりましたか?」

「はい……」

ぼくたちの声色《こわいろ》で、大体、様子が分かったらしい。じいじさんは、ため息をついた。

「また、でたらめな番組だったんでしょうね」

「ええ、まあ……」

ミノルさんを勝手にモデルにしてコーナーを作ったなんて知ったら、じいじさんのバーコード頭は、ゆでだこみたいに真っ赤になってしまうかもしれなかった。

しかも、ミノルさんが霊感少年だなんて。

でも、丸ごと全部でたらめだったほうが、まだずっとよかったのだ。まったくもう、とじいじさんといっしょに呆れるだけですむから。

なまじ、大切な本当がひとつ混じっているせいで、ぼくたちは目には見えない何かに、人質《ひとじち》を取られているみたいだった。

ミノルさんは、自分の部屋で、いっしょうけんめい、ノートを書いていた。

「ミノルさん」

ぼくが呼《よ》びかけると、ミノルさんが元気よくこちらを振《ふ》り向《む》いた。

「ヒコ! ヒメ!」

「なに書いてるの?」

ヒメがたずねると、ミノルさんは、書いていたノートをこちらに広げて見せてくれた。

「しょくぶつえんの、ノート!」

ノートは、一ページの上半分に、今まで調べた植物の写真が貼《は》ってあり、下半分にミノルさんの書《か》き込《こ》みがあった。

『はりえんじゆ。ハチみつの木。ハチやの大じな木。ヒコに、名ふだをかかせてあげた。』

ミノルさんは、ひらがなとカタカナは大体書けるけど、小さい「や、ゆ、よ、つ」が怪《あや》しくて、画数の多い漢字は書けない。

そして、罫線なんて意味がないほど、行はぐねぐね躍《おど》っていた。

ぼくが小学校一年生のころは、こんなノートを書いていただろうか。四年生でも、国語が得意じゃない子は、これくらい下手かもしれない。

まるで、勉強がよくできる上級生が書いたみたいなミチオ（仮名）くんのノートを思い出して、ぼくの口は、への字に曲がった。ヒメの口も、おんなじように、曲がっていた。

「写真は、じいじさんがとってくれたの？」

「ううん！」

ミノルさんは、またノートをテーブルに置いて、書きはじめた。写真は、先に全部はってあるようだった。ミノルさんには、写真をノートにまっすぐはるような作業はできない。

「トシオちゃん！」

思いもかけない名前が飛び出してきて、ぼくとヒメは、こおりついたように固まった。

「トシオさん、また来たの？」

ぼくがきくと、ミノルさんは、うれしそうに笑った。

「さいきん、たくさん、きてくれるよ。しゃしんも、たくさん、とってくれるよ」

「はってくれたのも、トシオさん？」

たずねたヒメに、ミノルさんは「うん！」とうなずいた。

「ノートも、くれた」

ぼくとヒメは、顔を見合わせた。一体、どういう風の吹《ふ》き回しだろう。

と、そのとき、部屋にどたばた騒がしい足音が近づいてきた。

「ヒコさんと、ヒメさんと、遊んでいるところですから」

たしなめるようなじいじさんの声に、「いいじゃないか」と返した声は――トシオさんだ。

ぼくたちが身がまえるのと、ほとんど同時に、トシオさんが部屋に入ってきた。

「よう、ミノル！　ヒコと、ヒメも、元気か？」

一度しか会ったことがないのに、このなれなれしさは、何だろう。しかも、あんなひどい番組を放送した後で。

「トシオちゃん！」

ミノルさんは、うれしそうに、ノートから顔を上げた。

「この前の写真、現像《げんぞう》できたから、持ってきてやったぞ」

ミノルさんは、「わぁい！」と歓声《かんせい》を上げた。じいじさんは、あきらめたようにため息をつき、

「下に、お茶をご用意します」と言って、戻っていった。

「まったく、心霊番組くらいで、じいやさんはうるさくていけないよ」

毒づいたトシオさんは、ミノルさんに向き直った。

「ノートは、書けたか？」

「書けた！」

ミノルさんは、ぼくたちに見せたのと同じように、トシオさんにもノートを見せた。

「ひっでえ字だなぁ、こりゃあ。設定《せってい》は、小学校高学年だぞ……」

設定、という言葉が、やけに耳に引っかかった。

「まあいい、小さい頃のノートにするか。よし、もっとたくさん書けよ」

「そのノート、何に使うんですか」

鋭い声で問いかけたのは、ヒメだった。

「おいおい、何だよ、恐い顔して……美人が、だいなしだぞ」

「ミノルさんに、ノートを書かせて、何に使うつもりですか」

重ねて問いかけたヒメに、トシオさんは、ちょっと居心地悪《いごこちわる》そうに、身じろぎした。

「何って……ちょっと、再現VTRで借りるだけだよ。こないだの心霊特番でおれのコーナーの反響《はんきょう》がけっこうよくてさ。昼の情報番組で、追跡《ついせき》取材をかけることになったんだ。『北の大地のファンタジー・コロボックルを探せ！』ってな。それで、ミチオ（仮名）くんの過去《かこ》を、もっと掘《ほ》り下《さ》げることになったんだ」

ぼくは、思わず声を荒《あら》げた。

「あんなの、やらせじゃないですか！」

「どこがだよ」

トシオさんが、おもしろくなさそうに、くちびるをとがらせた。まるで、ふくれた子供みたいだった。

「ただの、再現VTRだろ」

「ミノルさんと、植物を調べてたのは、ぼくとヒメです」

「演出《えんしゅつ》の範囲《はんい》内だよ。それとも、おまえらが、出たかったのか？　ヒデオ（仮名）とか、ヒメコ（仮名）とかで」

「出たくないです！」

あんな、コロボックルを危険《きけん》にさらすようなでたらめの番組に出たら、ハリーに合わせる顔がない。

「だったら、いいじゃないか。おまえたちが出たくないから、おれが出てやった。何か、問題があるか？」

「だけど、うそです」

「うそじゃないよ。脚色《きゃくしょく》だ」

「ノートだって、ミノルさんは、あんなふうに書けません」

勉強ができる上級生が書いたみたいな——何なら、大人が書いたみたいな、きれいなノート。

ミノルさんには、絶対、一生、書けないノート。

「おいおい」

トシオさんは、聞き分けのない子供をたしなめるみたいな声で、言った。

「残酷《ざんこく》なやつだなぁ、おまえは」

びっくりして、息が止まった。コロボックルやミノルさんに、無神経《むしんけい》なことをしている張本人《ちょうほんにん》から、残酷と言われるなんて。ぬれぎぬにも、ほどがある。

ぼくの、どこが――口をぱくぱくさせていると、トシオさんは「だって、そうだろ」と言った。

「仮名とはいえ、せっかくテレビに登場するのに、ありのままのミノルを出せって言うのか？　知恵《ちえ》遅れで、どんくさくて、みんなにばかにされて、ヒーローの鉛筆を同級生に巻《ま》き上《あ》げられるようなミノルを、そのまま再現しろってか？」

言葉が、何も出てこなかった。

「テレビでくらい、勉強ができる、まともな子供にしてやっても、バチは当たらないだろ。誰も傷《きず》つかないうそだよ、男の優しさってやつだ」

そんなの、ちがう――反射《はんしゃ》的にそう思ったのは、同じ言葉を、ほかの人から聞いたことがあるからだった。

さっき、車で帰っていったお父さんの顔が、思い浮かんだ。

去年の夏、ヒメが迷子になったことを黙《だま》っていてあげたぼくに、それはうそじゃなくて、男の優しさだと言った。

お父さんが言う男の優しさと、トシオさんが言う男の優しさは、絶対にちがう。

そして、お父さんとトシオさんなら、お父さんのほうが、絶対に正しい。

「男の優しさって、そういうのじゃないと思います……」

ぼくが小さい声で言い返すと、トシオさんは「ハァ!?」とすっとんきょうな声を上げた。

「じゃあ、ミチオ（仮名）くんは、知恵遅れでしたって言ったほうがよかったわけ？　頭の悪い、ぐずな子でしたって？」

「やめてください！」

叫《さけ》んだのは、ヒメだった。

「残酷なのは、あなたのほうでしょ⁉　ミノルさんは、あなたが何を言ってるか、全部分かってるのに！」

トシオさんが、まるで電流に触《ふ》れたように、びくっと体を縮こまらせた。それから、恐る恐る、ミノルさんを見た。

ミノルさんは、ふわっとした、とらえどころのない、やわらかい笑顔で、ゆらゆら揺《ゆ》れていた。

そして、トシオさんと目が合うと、やわらかい笑顔のまま、鉛筆を持って、ノートに向かった。

トシオさんに、書けと言われたノートに。

トシオさんは、ほっとしたように呟いた。

「……んだよ。分かるわけないだろ、ミノルに。言葉だって、たいして知らないのに。見ろよ、このノート」

ひらがなとカタカナと、画数の少ない漢字。ぐねぐね曲がった文章。

ミノルさんは、いっしょうけんめい、ノートの続きを書いていた。

ヒメは、怒ってしまって、言葉がなかなか出てこないようなので、ぼくが代わりに言った。

「言葉の意味が分からなくても、ミノルさんには、あなたの気持ちが分かるんです」

意味が分からなくても、何だかいやなことを言われているというのは、分かるのだ。ぼくたちが、はっきり説明できなくても、トシオさんの話に何だかもやもやするように。

ミノルさんは、どうしたらいいか分からないとき、ふわっと笑う。何かきかれたけど、答えが分からないとき。何となく居心地《いごこち》が悪いとき。いやなことを言われたとき。

何だかよく分からなくても、笑っていたら、それ以上いやなことは起こらない。ミノルさんは、そう思っているのだ。

やれと言われたことを、いっしょうけんめいやるのも、そうだ。やれと言われたことをやって、怒られることはない。

トシオさんは、しばらく強《こわ》ばった顔をしていたが、やがて、へらっと笑った。

そして、ノートを書くミノルさんの背中《せなか》を、ぽんぽんと叩いた。

「ごめん、ごめん、ミノル。おれは、口が悪いからさ。悪気はないんだ、許《ゆる》せよ」

ミノルさんは、鉛筆を走らせる手を止めて、ほっとしたように笑った。

「だから、もっとノートを書いておいてくれよな。思い出のシーンで使うから、大事なんだ」

「……まだ、ミノルさんを、やらせに巻《ま》き込《こ》むんですか⁉」

ぼくがなじると、トシオさんは「うるさい！」とかんしゃくを起こしたように、怒鳴《どな》った。

「おれの企画が、初めて当たったんだよ！　急にポシャったコーナーの穴埋《あなう》めだったのに、本命だった企画より、反響が来たんだ！　コロボックルが好きでした、本当にいたらいいと思います、ぜひ見つけてくださいって、夢見《ゆめみ》がちな意見が山ほど！　おれの人生でこんなチャンス、初めてなんだ！　ミノルのことは仮名にしてるし、誰も傷つかないうそくらい、いいだろ！」

傷つく人が、いるんだよ！　そう、怒鳴り返してやりたかった。——変な注目が集まったら、コロボックルが、危ないんだ！

でも、そんなことは言えるはずがなかった。口がさけたって、言えっこない。

「おれはやる。やらせと言われたって、やるからな！」

トシオさんは、そう怒鳴って、足音荒く、出て行った。

怒鳴っているのに、泣き出しそうな顔をしていた。

トシオさんが、本当に悪人だったら、こんなに難しくない。ぼくたちは、腹《はら》を立てて、怒って、トシオさんをきらっていたらいい。

勝手な人だし、迷惑《めいわく》だけど、根っから悪人じゃないから、困るのだ。

たくさん、傷つきながら育ってきて、世の中をひがんでいるのだと分かってしまうから、憎《にく》むことができなくて、苦しいのだ。

コロボックルのことで、意見を送ってきた人も、同じだ。きっと、コロボックル物語を読んでいて、好きなのだろう。コロボックルが本当にいたらいいのにと、すなおな気持ちを送ってきただけだろう。

それが、どんなふうにコロボックルを危険にさらすか、考えていないのだ。

だって、コロボックルは、ただのお話で、実在《じつざい》しないと思ってるから。目の前に、存在《そんざい》しないから、自分が何を言っても、コロボックルは傷つかないと思っているのだ。

もしも、本当にコロボックルがいたら、と考えたら、テレビ局に「ぜひ見つけてください」と言うことが、どんなに危険なことか、分かるはずだ。

目に見えない誰かに、思いやりを持つということは、一体、なんて難しいんだろう。

「やらせは、うそだから、わるい？」

ミノルさんが、そうきいてきた。

「そうだよ」

ぼくが、そう答えると、ミノルさんはにっこり笑った。

「だったら、だいじょうぶ。おともだちは、ほんとにいるから。コロボックルは、ほんとにいるから、やらせじゃないよ」

ぼくとヒメは、途方《とほう》にくれて、顔を見合わせた。——だから、問題なのだということを、どうやってミノルさんに分からせたらいいんだろう？

「だから、こんどトシオちゃんがきたら、なかなおりしてね」

さっき、トシオさんは、泣き出しそうな顔をして、出て行った。

今度は、ぼくたちが、泣き出したい気分だった。

第五章　ありがとう

「コロボックル物語をミノルさんに読んでもらったらどうかなぁ」

そう言い出したのは、ヒメだった。

「そうしたら、コロボックルのことをないしょにしないといけないって分かってもらえるんじゃないかな」

それは、なかなかいいアイデアのように思われた。

ぼくたちは、ミノルさんにコロボックルのことを話したらいけない、トシオさんにも小さい人のことは見まちがいだと言ってほしいとお願いしていたが、ミノルさんには、なかなか分かってもらえなかった。

だって、うそをつくのは、わるいことなんだよ。

そう言われると、ぼくたちは、それ以上なにも言えなくなってしまった。

でも、『だれも知らない小さな国』を読めば、分かってもらえるにちがいない。

ぼくたちは、ミノルさんにプレゼントしたいと言って、町の本屋で『だれも知らない小さな国』を買ってもらい、それをミノルさんのところへ持っていった。

「これを、ミノルさんに読んでほしいんですけど」

じいじさんにそう言うと、じいじさんは中身をぱらぱらめくって、困《こま》ったような顔をした。

「坊《ぼっ》ちゃんには、難《むずか》しくて読めないと思います」

ミノルさんが自分で読めるのは、あまりお話が長くない絵本までだという。

「でも、読み聞かせだったら、何とか……」

そこで、ぼくとヒメは、ミノルさんの前で『だれも知らない小さな国』を読んであげたのだが、ミノルさんはすぐに飽《あ》きてしまった。

理由は簡単《かんたん》、ぼくたちが読むのが下手《へた》すぎたのだ。

つっかえないように読もうとすると、単調になって、ミノルさんはすぐに気が散ってしまう。かといって、ミノルさんの気を引けるように、感情《かんじょう》をこめて読もうとすると、すぐつっかえてしまい、やっぱりミノルさんは飽きてしまう。

そこで、ぼくたちは『だれも知らない小さな国』の朗読《ろうどく》を練習することにした。お互《たが》いの家で、そして蜂場《ほうじょう》でも。

その日も、うちの蜂場のお手伝いが一区切りしてから、近くの原っぱで練習をしていた。

原っぱといっても、完全に開けた平地ではない。シラカバの林の中で木がまばらに生えていて、すきまが多くなっている場所だ。日向《ひなた》と日陰《ひかげ》の混《ま》ざり具合がやわらかく、道路のすぐそばなので、クマなどの心配もない。朗読の練習には、もってこいだった。

「二十年近い前のことだから、もう昔といっていいかもしれない。ぼくはまだ小学校の三年生だった。その年の夏休みには、町の子どものあいだで、もちの木の皮から、とりもちを作ることがはやった。……」

最初は、ぼくが読むことになっていた。物語の語《かた》り部《べ》が、男の子のせいたかさんだから、ぼくが読んだほうが、ミノルさんが違和感《いわかん》なく聞きはじめることができるだろうと相談したのだ。

読み手が、あまりちょくちょく入《い》れ替《か》わっては、ミノルさんの気が散ってしまうだろうから、区切りのいいところで交代することに決めた。ちょっと長いので、疲《つか》れてしまうけど、章の中の番号ごとに交代だ。第一章の1をぼくが読み、第一章の2をヒメが読み、第一章の3をまたぼくが読む……という具合だ。

ぼくが読み終わり、ヒメが読みはじめたときだった。

道路を、金色の小さなバスがやってくるのが見えた。車の屋根に金具をつけて、何やら荷物をたくさんのせていた。

その辺《あた》りでは見かけたことがない車だったので、ぼくたちは読むのをやめて、バスを物珍《ものめずら》しく眺《なが》めた。観光バスにしては小さいし、個人《こじん》の車としてはばかでっかい。旅館かホテルの送迎《そうげい》バスだろうかと思ったが、その近辺で金色の送迎バスを使っている宿なんかなかったはずだ。

と、そのバスが、原っぱを少し通りすぎたところで、とまった。

運転席以外の窓《まど》が全部スモークになっているバスから、誰《だれ》かが降《お》りてきた。

「なぁ、君ら、何読んどんの？」

でっかい声でぼくたちに呼《よ》びかけたのは、トシオさんの番組に出ていたお笑いタレントだった。

ぼくたちが返事もできずに固まっていると、タレントさんはさらに話しかけてきた。

「そんな、びびらんでも、怪《あや》しいもんちゃうよ。ぼくのこと、見たことない？　北海道《ほっかいどう》のテレビも、けっこう出てるんやけど」

「おまえが、でかい顔とでかい声で、おびえさせてるんやろ」

そう言ったのは、続けて降りてきた、つっこみ役の相方さんだ。

そして、三人目がバスから降りた。

「ヒコとヒメじゃないか！」

何と、それはトシオさんだった。

「何や、君の知ってる子か」

ボケ役のタレントさんがそうきくと、トシオさんはへらへら笑った。

「そうなんですよ。仲良しなんです」

一体、どの口で！　ぼくたちは、呆気《あっけ》に取《と》られて、開いた口がふさがらなかった。

「この子ら、何で作業服を着とるの？　農家の手伝いか何かか？」

「二人とも、はち屋の子なんですよ。おれのいとことも、親しくて」

「ああ、情報提供者《じょうほうていきょう》のミチオくんな。そら、ちょうどよかった」

ボケ役さんが、下草を踏《ふ》んで、ずかずかとぼくたちのほうへやってきた。

「ちょっと、話きいてもええかなぁ？」

いやです、と言いたかったけど、さすがに用件《ようけん》も聞かずにそんな失礼なことは言えなかった。

せめてもの抵抗《ていこう》で、二人そろって黙《だま》りこくっていたが、押《お》しの強いボケ役さんは、そんなことでひるまなかった。

「なに読んどんの？　ちょっと見せて」

本を持っていたヒメが、しぶしぶ表紙を見せた。すると、ボケ役さんが「おわー！」と野太《のぶと》い歓声《かんせい》を上げた。

「コロボックル物語やん！」

ボケ役さんが、トシオさんのほうを振《ふ》り向《む》いた。

「こないだ番組内で紹介《しょうかい》してたやつや！　おれもあれから読んだわ！」

「あ、はい、そうですね」

「すごいわぁ！」

ボケ役さんが、またぼくたちのほうを振り向いた。

「君ら、こないだの『北海道の心霊現象《しんれいげんしょう》スペシャル』は見た？　番組の中でコロボックルを紹介してたんやけど」

もちろん知っていますよ。あなたが「コロボックルを番組で探《さが》してみたらどうですか」なんて余計《よけい》なことを言ったのもね。——皮肉たっぷりにそう言ってやりたかったが、大人にいじわるを言う勇気はさすがに出なかった。

「あの後、実際《じっさい》にコロボックルを探す番組を作ることになって、今、取材してるところなんよ。シラカバ林の中で本を読んでる子供《こども》なんて、ロマンチックでええやんかと思って、話を聞こうと思ったんやけど……まさか、コロボックル物語を読んでたなんてなぁ！」

ボケ役さんが、追いついてきたトシオさんと相方さんに、感動した様子で両手を広げて見せた。

「この企画《きかく》は、うまく行くで！　ええ企画は、こういうめぐり合わせがピタッとはまるんや」

「そうやな」

相方さんも、うんうん頷《うなず》いた。

「眉《まゆ》つばやと思ってたけど、案外、コロボックルも見つかったりしてな」

——そんなの、困る。

こんな番組に、うまく行ってもらうわけにはいかないのだ。静かに暮《く》らしているコロボックルたちの生活が、めちゃくちゃになってしまう。

「おーい、カメラ！」

バスから、大きなカメラを担《かつ》いだ男の人が降りてきた。

「今から、この子らにインタビューするから」

「いやです！」

はねつけるように叫《さけ》んだのは、ヒメだった。『だれも知らない小さな国』を、守るように胸《むね》に抱《かか》え込《こ》んでいた。

ぼくは、そんなヒメをかばうように、前に出た。

「ぼくたち、インタビューを受けるなんて、言ってません」

「そんなこと言わんと」

ボケ役さんが、猫《ねこ》なで声《ごえ》を出した。

「君らも、コロボックルが好きなんやろ？　ぼくらが探《さが》し出《だ》して、見せたるから」

コロボックルを見せてやるという言い方に、ぼくはカチンときた。

「いいです」

「何でや。コロボックル、見たいやろ」

「見たくありません」

ぼくは、相方さんをまっすぐにらんだ。

「コロボックルは、見世物じゃありません」

ボケ役さんは、ちょっとひるんだように、声をのんだ。

「コロボックルが本当にいるなら会いたいけど、あなたたちに捕《つか》まったコロボックルをテレビで見たいなんて思いません。だって、そんなのかわいそうだ」

そもそも、こんな人たちに捕まるようなドジなコロボックルはいないけど。——ということは、わざわざ教えてあげる必要もないことだ。

「……そっか。そうやな」

ボケ役さんが、うなだれた。

「確《たし》かに、ぼくらは、見たいという気持ちが先走って、乱暴《らんぼう》になっとったわ」

あれ？　と、ぼくとヒメは顔を見合わせた。——分かってくれたのかな？

「コロボックルの企画をやるんやったら、コロボックルが好きな子供の目線に立たなあかんな！大事なことを教えてくれて、ありがとう！」

ボケ役さんは、ぼくの両肩《りょうかた》をがしっとつかんだ。

「ぼくらが、コロボックルを探し出して、君らに会わせたるということで、どないや。テレビで、君らとコロボックルの友情《ゆうじょう》を応援《おうえん》したる！」

ぼくは、がくっとずっこけそうになった。全然、分かってない！

「そういうのが、いやなんです！」

「何でや！　テレビに出られたら、君らかて、うれしいやろ！」

「うれしくないです！」

「何で⁉」

ボケ役さんは、ショックを受けたように頭を抱《かか》えた。洋画でアメリカ人が「オーマイガー！」と叫ぶみたいな顔だった。

「子供が、テレビに出たくないなんて、あり得へんやろ！　ぼくが子供の頃《ころ》は、おしっこちびるくらい、テレビに出たくて出たくて仕方なかったで！」

情熱《じょうねつ》は伝わるが、上品じゃない表現《ひょうげん》に、ヒメが顔をしかめた。――でも、このむやみな押しの強さは、納得《なっとく》だ。

おしっこちびるくらい、テレビに出たくて出たくて、本当にテレビに出られるようになった人なのだ。きっと、すごくがんばったにちがいない。だから、テレビに興味《きょうみ》がない人や、テレビに出たくない人の存在《そんざい》が、信じられないのだ。

悪い人ではないのだろうが、ぼくたちの思いとは、決定的にかみ合わない人だった。

「わたしたちは、出たくないですから！」

ヒメが、きっぱりした声で、そう言った。

「それに、もし本当にコロボックルがいたら、きっとテレビなんかで騒《さわ》がれたくないと思います。本にも、コロボックルは静かな暮らしを望んでるって、書いてあります」

「ヒメ〜」

トシオさんが、困ったように割《わ》って入った。

「大事なタレントさんなんだからさ。そんなにつんけんするなよ」

「そんなの、わたしたちには、関係ありません」

ヒメは、トシオさんにも、きっぱりだった。

「トシちゃん。この子らと仲良しっていうのは、うそやろ」

苦笑《くしょう》したのは、相方さんだ。トシオさんは、決まり悪そうに、頭をかいた。

「でも、いとこと仲良しっていうのは、ほんとです」

相方さんが、ぼくらのほうへ歩《あゆ》み寄《よ》った。

「君らの気持ちは、よう分かった。でも、ぼくらも仕事で、絵になる場面が絶対《ぜったい》に必要やねん。できれば、やらせやなくて、コロボックルが好きなお子さんと偶然《ぐうぜん》ばったり会ったたっていうのが、ほしいねん」

ぼくの表情《ひょうじょう》は、勝手に強《こわ》ばった。ボケ役さんより、この相方さんのほうが手強《てごわ》いということが、しゃべり方を聞いているだけで、分かったからだ。

「そんなにいやなら、インタビューはせえへん。代わりに、さっきみたいに、シラカバの下で、その本を読んでくれへんかな。その様子だけ、とらせて。こっちで、ええ感じのナレーションを被《かぶ》せて使うから」

そして、相方さんが、ぼくらに顔を近づけて、声をひそめた。

「トシちゃんは、この企画がこけたら、やばいねん。会社も、クビになってしまうかもしれん。仲良うはないみたいやけど、知り合いなんやろ？　助けると思って、ちょっとだけ手伝ったたってくれへんか？」

会社をクビになる、ということの意味は、お父さんが会社勤《かいしゃづと》めをしていたヒメのほうが、重く響《ひび》いたかもしれなかった。

「……ほんとに、クビになっちゃうんですか」

ヒメがたずねると、相方さんは「分からんけど」と肩《かた》をすくめた。

「トシちゃんの仕事が、あんまりパッとしてへんのは事実や。これが初めてのチャンスやって、本人も言うてた。これで当てて、会社を見返したいって」

ヒメの質問《しつもん》に、はっきり答えてはいない。だが、勝手に断言《だんげん》しないことが、かえってその話の真実味を増《ま》していた。それに、トシオさんが言っていたことも、食いちがってはいない。人生で、初めてのチャンスだと言っていた。

「おれらも、トシちゃんとは長い付き合いやから、何とか助けてやりたいんや」

ヒメは、相方さんにはきっぱりした声で「いやです」とは言えず、黙《だま》り込《こ》んでしまった。

相方さんは、カメラマンのほうを振《ふ》り返《かえ》った。

「オッケーや！　ただし、インタビューはナシな！」

「でもっ……」

ぼくが食い下がると、相方さんはぼくの肩をなだめるように叩《たた》いた。

「心配せんでも、コロボックルなんか、ほんまにおるわけないやんか。こっちは、思わせぶりに引《ひ》っ張《ぱ》って、きれいな話にまとめて、ほどほどに視聴率《しちょうりつ》が取れたらええだけや。君らにしても、いくら仲良しやないとは言うても、知り合いを路頭《ろとう》に迷《まよ》わせたくはないやろ？」

何とも、かけひきがうまい人だった。

「おれが、『何の本読んでるの？』ってきくから、題名だけ答えてや。しゃべるのがいやなら、表紙を見せてくれるだけでええから」

どうしたらその場を逃《に》げられるのか、ぼくたちは途方《とほう》にくれてしまった。

そのとき――

「おーい！」

遠くから、大きな声がかかった。

「うちの子に、何かご用ですか」

見ると、ぼくのお父さんだった。蜂場のほうから、こっちに向かって歩いてくる。

「お父さん！」

「おじさん！」

ぼくとヒメは、夢中《むちゅう》になって、お父さんに駆《か》け寄《よ》った。お父さんは、飛びついたぼくたちを、しっかり受け止めてくれた。

「どうしたんだ？」

「コロボックルを探す番組に出てくれって……」

ぼくたちが口々に説明していると、トシオさんがお父さんに近寄《ちかよ》って、ぺこぺこ頭を下げた。

「ヒコくんのお父さんですか？　二人には、いつもミノルがお世話になってます」

「いえ、こちらこそ。それより、事情《じじょう》を説明してほしいんですが」

「実は、テレビで、コロボックルを探そうという企画がありまして……」

トシオさんは、へどもどしながら、お父さんにいきさつを説明した。

「これ、ボクのお父さんか？」

ボケ役さんが、ぼくにきいてきた。

「はい」

「めっちゃ、分厚《ぶあつ》いなぁ〜！」

ボケ役さんが、感心したように、うなった。

「腕《うで》なんか、丸太みたいやないか。はち屋さんいうのは、みんなこんな体してはりますの？」

質問されたお父さんは、「はい」とうなずいた。

「巣箱を運んだり、肉体労働ですから、力持ちにはなりますよ」

「じゃあ、ボクも将来《しょうらい》は、こうなるんかな」

「はち屋をついだら、がんばります」

「そか。ええ子やな」

にかっと笑ったボケ役さんは、お父さんに向かって言った。

「ぼくらが、コロボックルの取材でここを通りかかったら、お子さんがたが、木陰《こかげ》で本を読んではりまして。絵になるなぁ〜と思って、声をかけたら、コロボックル物語を読んでたところや、と。これはもう、運命やと思いまして、ぜひ番組に出てくれって、頼《たの》んでたところなんですわ。どうですか？」

「どうですか？　というのは、どういうことでしょう」

「お子さんがたに、番組に出てもらえませんか？」

すると、お父さんは、ぼくにたずねた。

「ヒコは、出たいのか？」

ぼくは、首をぶんぶん横に振《ふ》った。

「出たくないって言ってるのに、この人たちが……」

お父さんは、事情をおおかた察したようだった。

「本人が、いやだと言っていますので」

「そこを何とか」

「本人がいやがっているので、何ともなりません」

ボケ役さんが、相方さんに「おまえも、ほら」と、いっしょに頼むようにうながした。

相方さんは、お父さんを見て、苦笑《にがわら》いで肩をすくめた。

「こういう人を言いくるめるのは、ちょっと無理やで」

そして、それは相方さんの言ったとおりだった。ボケ役さんとトシオさんは、何とぞ何とぞと泣き落とそうとしたが、お父さんは「何ともなりません」の一点張《いってんば》りだった。

「もう、あきらめや。どうせ、子供さんは、保護《ほご》者の許可《きょか》がないと、映《うつ》されへんし。子役使って、再現《さいげん》VTRでも作ろうや」

相方さんが、そう口を挟《はさ》んだ。

「ボクらも、読書の邪魔《じゃま》して、すまんかったな」

ボケ役さんとトシオさんが、がっくり肩を落とした。

「番組は、おれらががんばるから、心配せんでええ」

心配しなくていい、というのは、トシオさんのことを言っているのだと分かった。

「帰るぞ」

お父さんがそう言って歩き出し、ぼくたちもあわてて後を追った。

お父さんの背中《せなか》を追いかけながら、ぼくもヒメも、トシオさんたちに、ぺこっと頭を下げた。

トシオさんが、クビになってしまうかもしれないのに、手伝えなくてごめんなさい――という、せめてものおわびの気持ちだった。

それでも、やっぱり、コロボックルを危険《きけん》にさらすことに、手を貸《か》すわけにはいかないのだ。人には、それぞれ譲《ゆず》れないものがある。そして、ぼくとヒメにとって、コロボックルは、絶対に譲ってはならないものなのだ。

林の中を歩きながら、ぼくはお父さんの分厚い背中を見上げた。

「来てくれて、ありがとう。なかなか放してもらえなくて、困ってたんだ」

ぼくがそう言うと、ヒメも「ありがとう、おじさん」とお礼を言った。

「困ってるところに、さっと現《あらわ》れて助けてくれて、まるでヒーローみたいでした」

すると、お父さんは、少し照れたように笑った。

「二人がテレビの人につかまってるって、教えてもらってな」

押《お》し問答《もんどう》をしているとき、車が何台か行《ゆ》き過《す》ぎたから、その中のどれかが知り合いの車だったのだろう。

「間に合ってよかったよ」

本当に、よかった。あの相方さんは手強かったので、自分たちでは、どう断《ことわ》ったらいいのか、分からなかった。

だけど――

ぼくは、少しだけ後《うし》ろ髪《がみ》を引かれて、もと来たほうを振り返った。ぼくたちは出なくてすんだけど、コロボックルの番組がなくなったわけではない。

コロボックルの危機《きき》が、完全に去ったとは言えなかった。そして、その危機をどうやって乗《の》り越《こ》えたらいいのか、ぼくにはさっぱり分からなかった。


それから、数日後のことだった。

「ヒコ、出かけるぞ」

昼ごはんの後、お父さんがぼくに声をかけた。その日は、はちみつの仕事もお休みだったし、家族でどこかへ出かける予定もなかったので、ぼくは首をかしげた。

「どこへ？」

「いいから、車に乗りなさい」

ぼくがお父さんといっしょに玄関《げんかん》を出ると、お母さんが「いってらっしゃい」と見送った。

「ヒメちゃんの家に寄《よ》るぞ」

お父さんは、車を運転しながらそう言った。

「どこかに、遊びに連れていってくれるの？」

ヒメもいっしょに、となると、それしか思《おも》い浮《う》かばなかった。ぼくとヒメの家で、いっしょに遊びに行くことはときどきあった。でも、お母さんが留守番《るすばん》というのは、ふしぎだ。

「ヒコとヒメちゃんの大切なものを、守りに行くんだ」

ぼくたちの大切なもの——といったら、ひとつしか思い浮かばなかった。

ヒメの家に行くと、玄関先で、ヒメと原田《はらだ》さん夫婦《ふうふ》が待っていた。

ヒメが、後部座席《ざせき》のぼくのとなりに乗ると、原田さんと奥《おく》さんが「いってらっしゃい」と手を振った。

お父さんが向かったのは、ミノルさんの家だった。

開いていた門からお父さんが車を乗り入れると、車寄《くるまよ》せには金色のバスがとまっていた。

ぼくとヒメは、顔を見合わせた。一体、どういうことだろう。

すると、お父さんが言った。

「ミノルさんが、トシオさんの番組の人と、お話がしたいんだそうだ。それで、友だちのヒコとヒメに、いっしょに付《つ》き添《そ》ってほしいって、じいやさんから連絡《れんらく》があったんだ」

お父さんが車をとめると、家の中からじいじさんが出てきた。

「すみません、お呼《よ》び立《た》てしまして」

「いえ」

お父さんとじいじさんが挨拶《あいさつ》をして、ぼくたちは家の中へ入った。

ミノルさんは、応接間《おうせつま》にいて、ぼくたちを待っていた。

「ヒコ！　ヒメ！」

うれしそうにいすから立ち上がったミノルさんに、ぼくたちは駆け寄った。

「ミノルさん！　番組の人に会うって、どうして？」

ぼくがたずねると、ミノルさんはにっこり笑った。

「コロボックルのおはなしを、する」

ぼくたちにとって、それは、ひどくショックな話だった。

「どうして⁉」

ヒメが、ミノルさんにすがりつくようにして、きいた。ほとんど、泣きそうだった。

「おはなししてくれって、たのまれたから」

「だめだよ！」

ぼくも、ミノルさんの腕にすがりついた。

「コロボックルは、ひっそり隠《かく》れていたいんだ。テレビなんかに見つかりたくないんだ。そっとしておいてあげないといけないいんだよ」

ミノルさんは、ぼくの言葉を聞いて、にこにこ笑っていた。

「お父さん！」

ぼくは、お父さんを振り返った。

「大切なものを、守りに行くって、言ったじゃないか。これじゃ、守れないよ！」

そのとき、応接間に、どやどやと人が入ってきた。

この前会った、お笑いのボケ役さんと、相方さんと、トシオさん。そして、スタッフの人たちだった。

「おう、ボクら！」

ボケ役さんが、ぼくたちに向かって、陽気に手をあげた。ぼくたちは、顔が強ばってしまって、何も答えることができなかった。

トシオさんは、ミノルさんを見て、驚《おどろ》いたような顔をしていた。

「トシオちゃん」

ミノルさんは、にこにことうれしそうに、トシオさんに手を振った。トシオさんは、ぼくたちに負けないくらい、強ばった顔になった。

そして、ミノルさんには答えず、じいじさんに言った。

「どうして、ミノルがいるんです？　今日は、番組の撮影《さつえい》場所を借りるための諸《しょ》注意を聞くってことだったでしょう」

「その番組について、当家の坊ちゃんが、お話をしたいとおっしゃっているんです。諸注意は、坊ちゃんのお話の後に、差し上げます」

トシオさんは、白っぽい顔色になって、うつむいた。声にはならずに、口元が小さく動いた。ぼくには、「まずいよ」と言っているように見えた。

「はじめまして」

ミノルさんが、ボケ役さんと相方さんに、そう挨拶した。

「ぼくは、トシオちゃんのいとこの、ミノルです。コロボックルが、みえるのは、ぼくです」

ボケ役さんと相方さんが、ぽかんと口を開いた。

「……君なん？」

ボケ役さんがきくと、ミノルさんは、ふわっと笑って、首をかしげた。

「きみ、なん？」

ミノルさんには、関西のなまりが入ったボケ役さんの言い回しが、分からないようだった。

「コロボックルが見えるのは、君なんか？」

相方さんが、きき直した。相方さんのきき方は、まだ分かりやすかったらしい。ミノルさんは、こっくりうなずいた。

「だけど、コロボックルは、ぼくだけのおともだちなので、ぼくのまえにしか、でてきません。ぼくの、そうぞうのおともだちなので、みなさんが、さがしても、みつからないとおもいます。だから、さがさないでください。ぼくのおともだちを、さがさないでくれたら、ばしょは、どこでも、かしてあげます」

ぼくは、こんなことを言ったら、逆効果《ぎゃくこうか》のような気がした。コロボックルのことをごまかそうとしてるだけだ、そう思われてしまうに決まっている。

「トシちゃーん……」

相方さんが、苦笑しながら、頭をぼりぼりかいた。

「これは、まずいやろ。番組に、でけへんわ」

意外な言葉に、ぼくとヒメは、顔を見合わせた。

「いや、でも……ミノルのことは、番組に出さないわけですし」

「あかんて」

ボケ役さんも、困り顔でそう言った。

「想像《そうぞう》の友だちって……そんなん、ただの妄想《もうそう》やないか。ごゆっくりさんの妄想をネタに企画を作ったなんて、局にばれたらえらいことやで」

ごゆっくりさん——というのが、どういう意味なのか、その頃《ころ》のぼくには分からなかったが、ミノルさんのような人のことを言うらしい。

けれど、妄想という言葉の意味は、もう知っていた。そして、コロボックルのことを、妄想と片《かた》づけられてしまったことは、ぼくの胸を鋭《するど》く切《き》り裂《さ》いた。

ただの妄想だと思ってもらったほうが、コロボックルを守れる。それは分かっていたけれど、ぼくたちの大切なものに、泥《どろ》だんごを投げつけられたような気持ちになった。

そんなものはうそだ、くだらない——と。

ぼくたちは、コロボックルに触《ふ》れないでほしかっただけなのに。どやどやと騒がしい大人たちは、ぼくたちのコロボックルに、妄想というレッテルを、べったりとはりつけてしまった。

「妄想なんかに取りあってたら、おれら、物笑《ものわら》いの種やで」

相方さんが、そう言って、鼻で笑った。

コロボックルを信じていることを、世間の人に知られたら、妄想だと笑われてしまうのだ——そう突《つ》きつけられたような気がした。

「妄想というのは、ちがうんじゃないですか」

そう口をはさんだのは、ぼくのお父さんだった。

「子供たちも、コロボックルを信じています。子供が、目に見えない空想の友だちを作るのは、ごく自然なことです。ミノルさんは、大人になっても、その友だちを失っていないというだけのことです。テレビにできないというのは、あなたたちの都合《つごう》であって、子供たちやミノルさんの大切な友だちを、妄想だとけなして傷《きず》つけるのは、筋《すじ》ちがいでしょう」

妄想だと言い出したボケ役さんが、ばつの悪そうな顔になった。

「別に、傷つけようと思ったわけやないけど……」

「それに、私も子供の頃は、コロボックルを信じていましたよ」

思いがけない言葉に驚いて、傷つけられた痛《いた》みが吹《ふ》っ飛《と》んだ。

「お父さんも、コロボックル物語を読んでたの？」

「お父さんが、子供の頃からある本だからな」

うなずいたお父さんが、お笑いさんやトシオさんのほうに向き直った。

「私は、大人になった今でも、コロボックルを妄想だとは思っていません」

お父さんのその言葉が、一体何と心強かったことか！

「日本の八百万《やおよろず》の神様は、目には見えません。でも、神様はいないと、勝手に決めつけることもできないでしょう。私の仕事は、自然の恩恵《おんけい》を受けて成り立っていますから、目に見えなくても、自然の中にいる神様への感謝《かんしゃ》は、大切にしています。子供たちやミノルさんのコロボックルも、そういうものだと思います」

「なるほど」

相方さんが、にやりと笑った。

「信じてる人にとっては、存在する。サンタクロースといっしょやね。それを、おるかおらんかで争っても、無意味やわな」

「サンタも、うちに毎年来ますよ。なあ？」

お父さんにきかれて、ぼくは大きくうなずいた。たまに、お願いとちがうものをくれることもあるけど、クリスマスの朝には、ちゃんと枕元《まくらもと》にプレゼントが置いてある。

サンタと同じだと言われると、コロボックルの名誉《めいよ》が復活《ふっかつ》したような気がした。

「ボクのお父さんは、頭のええ人やな」

相方さんにそう言われて、ぼくは面食《めんく》らった。お父さんを、たくましいとか、強そうと言う人は今までたくさんいたが、頭がいいと言った人は、初めてだった。

「おかげで、コロボックルを好きな子供さんを傷つけんと、番組を作るヒントを思いつきました。ありがとうございます」

「え、でもおまえ……」

ボケ役さんが、心配そうに口をはさんだが、相方さんは「大丈夫《だいじょうぶ》や、行ける」と答えた。

「親御《おやご》さんと子供さんがいっしょに見られるファンタジー特集って企画に切《き》り替《か》えて、おるか、おらんかは、視聴者に投げかけたらええんや。コロボックルは、サンタとおんなじですって言うたら、うそにはならんし、きれいな感じにまとまるわ。ほかにも、心霊物でちょっとええ話ってコーナーを作って……視聴率は、そんなに行かへんかもしれんけど、大コケさえせんかったら、トシちゃんの立場も悪くはならへんやろ」

トシオさんが、顔をくしゃっとゆがめて、「ありがとうございます！」と頭を下げた。

お父さんが何も言わなかったので、相方さんの言った案は、きっとコロボックルを危《あぶ》なくするものではないのだろう。

もしかしたら、相方さんは、そんなに悪い人じゃないのかもしれないな、と思った。

帰《かえ》り際《ぎわ》に、ボケ役さんが、「ごめんなぁ」と言ってきた。

「おれ、番組をきっかけにコロボックル物語を読んで、ほんまにおったらええなと思って、つい暴走《ぼうそう》してしまったんや。君らも、コロボックルを見られたら、うれしいはずやと思って……」

コロボックル物語を読んで、コロボックルを好きになってくれたのだから、きっとボケ役さんも悪い人ではない。

「でも、本にも、コロボックルは静かに暮らしたいんやって、書いてあったな」

「そうです」

たしなめるように、ヒメがそう言った。

「大人なんだから、暴走しないでください」

「手厳《てきび》しいなぁ。番組では、あんまりはしゃがんようにするわ」

この人に、はしゃぐのをがまんすることができるのかな？　と心配になったが、きっと手強い相方さんが、フォローしてくれるだろう。

お笑いさんとスタッフさんが、来たときと同じようにどやどや帰っていき、最後にトシオさんが残った。

最後まで残って、黙りこくっていたが、やがて、「ミノル」と呟《つぶや》いた。

「ごめん」

おれは、悪気はないんだ。それまでのトシオさんだったら、そう言っていた。

「おれは、ずるくて、卑怯《ひきょう》で、ごめんな」

ミノルさんは、びっくりした顔をした。

「トシオちゃんは、ずるくないよ。トシオちゃんは、やさしいよ。だって、えんぴつをかえしてもらってきてくれたでしょう。えんぴつのほかにも、がっこうのおともだちが、かえしてくれるのわすれちゃったの、ぜんぶ」

トシオさんの顔が、ぎゅうっとゆがんだ。そして、

「いろいろ、すみませんでした！」

ミノルさんにか、じいじさんにか、お父さんにか、ぼくたちにか、あるいは――コロボックルにか分からないが、大きく頭を下げて、出ていった。

こうして、コロボックルの危機は、去ったのだ。

「オレタチガ、ミノルニ　タノンダンダ。テレビノヤツラニ、コロボックルノ　ハナシヲ　シテクレッテ」

その日の晩《ばん》、たずねてきたハリーが、そう言った。

ハリーの国では、トシオさんのテレビ番組のことを、ずっと相談していたらしい。そうして、出した結論《けつろん》は、今まで見守っているだけだったミノルさんに、話しかけるということだった。

テレビの人に狙《ねら》われて、とても困っている。心ない人間に見つかったら、コロボックルは危険な目にあう。そして、ミノルさんにも会いに来られなくなってしまう。だから、申《もう》し訳《わけ》ないけど、コロボックルは自分の想像で、自分にしか見えないと、うそをついてもらえないだろうか。

コロボックルたちは、ミノルさんに、そう頼んだのだ。

ミノルさんは悩《なや》んだらしく、すぐには返事をしなかったという。少し待ってほしい、と。

コロボックルたちは、ミノルさんの様子を見守りながら、待った。

決して、強引《ごういん》に、ミノルさんにうそをつくことを迫《せま》るようなことは、しなかった。

ミノルさんは、じいじさんとフミさんに、相談したという。

「うそをつくのは、わるいこと？」

そうきいたミノルさんに、じいじさんは答えた。

「あまり、よくないことでございますね」

「でも、ぼくが、うそをつかないと、おともだちが、あぶないめにあっちゃうんだ」

すると、じいじさんとフミさんは、二人でしばらく相談して、ミノルさんへの答えを決めたのだそうだ。

「うそには、悪いうそと、良《い》いうそがございます。うそをついてはいけない、というのは、悪いうそのことを言います」

ミノルさんは、何度もきき返しながら、いっしょうけんめい、じいじさんの話を聞いた。

「悪いうそは、誰かを傷つけたり、困らせたり、いじわるな気持ちでつくうそです。その反対に、誰かを守ったり、いたわったり、優《やさ》しい気持ちでつくうそは、方便《ほうべん》という、良いうそです。人間は、正しいことだけでは生きていかれませんから、良いうそが必要な場合もございます」

ぼくたちだって、なかなか難しいような話だ。ミノルさんには、一体、どれだけこんがらがるような話だったことだろう。

それでも、ミノルさんは、いっしょうけんめい考えた。

そして、コロボックルのために、良いうそをつくことを決心したのだ。

コロボックルをまもるために、いいうそをつかないといけないから、テレビのひとにあいたい。

ミノルさんにそう頼まれて、じいじさんは、ぼくのお父さんに相談した。コロボックルのことは、ぼくとヒメに教わったことを、じいじさんはミノルさんに聞いていたからだ。

そして、お父さんは、ぼくたちといっしょに、ミノルさんに付き添うことにしたのだという。正解《せいかい》は、最初から目の前にあったのだ。優しいミノルさんは、コロボックルたちが困っていると知ったら、助けてあげるために、できるだけのことをするに決まっている。

ミノルさんが、がんばってついた優しいうそで、コロボックルたちは救われた。

「ミノルハ、オレタチヲ　タスケテクレタ。ダカラ、オレタチハ、ミノルヲ　イッショウマモル。ミマモリヤクガ、ミノルノトモダチニ　ナッタ。デモ、ミマモリヤクダケジャナクテ、ミノルハ、オレタチノクニノ　トモダチダ」

学校のときの友だちは、たずねてこないとじいじさんは言った。ぼくたちも、夏のはち渡《わた》りの時期しか、ミノルさんに会いに来られない。

でも、これからは、ミノルさんには、一生の友だちが、いつもいっしょだ。春も、夏も、秋も、冬も。それは、ミノルさんの人生を、どれだけ幸せにするだろう。

それを思うと、トシオさんの騒動《そうどう》も、許《ゆる》せるような気がした。トシオさんのことがなければ、ミノルさんとコロボックルたちが、きちんと言葉を交《か》わして友だちになることは、なかったかもしれないのだから。

「ハリーは、トシオさんのことが、まだきらい？」

ぼくがそうたずねたのは、コロボックルがトシオさんのことをきらっていたら、ミノルさんが悲しいだろうと思ったからだ。

「スキジャナイ」

ハリーは、即答《そくとう》だった。

「ダガ、マア、ユルス」

ぼくは、その口ぶりに、吹《ふ》き出《だ》した。

「そうだね。ぼくも、それくらいだ」

いつか、ハリーが、「マア、ゴウカクダ」と言ってくれるようなトシオさんになってくれますように。

ぼくは、ミノルさんのために、コロボックルのために、そしてちょっぴりトシオさんのために、そう祈《いの》った。


トシオさんの番組は、ぼくたちが北海道を離《はな》れる前に、放送された。

コロボックルが危なくなるような内容《ないよう》には、なっていなかった。ボケ役さんは、はしゃぐのを、かなりがまんしてくれていた。

コロボックルや、サンタクロースをはじめ、日本や世界のふしぎな伝説を紹介していて、ぼくはすなおに楽しめた。

視聴率は、まあまあだったらしい。

それから、何年もたった。

ぼくは、毎年の夏、北海道でハリーとヒメと落ち合いながら、中学生になり、高等専門学校《せんもんがっこう》へ行って、電気の勉強をした。

ハリーたちの国が、コロボックル物語のコロボックルのように、国に電気を引きたいと思ったとき、手伝ってやれたらいいと思ったからだ。ハリーたちは、まだ電気に積極的じゃなかったが、いつか、人間界の新しい技術《ぎじゅつ》を学びたいというコロボックルが、出てくるかもしれない。

高専《こうせん》を卒業して、はち屋を継《つ》ぐか、就職《しゅうしょく》するか悩んで、就職した。外を経験《けいけん》しておくのはいいことだ。両親もヒメも、そう言ったからだ。

ぼくは、実家のある福岡《ふくおか》で、電気工事の会社に就職した。

「ヒコくんは、せいたかさんの後を追うように、人生を選択《せんたく》してるね」

ヒメは、よくそう言って、ぼくをからかった。

「コロボックルには、せいたかさんが必要だろう？」

「背《せ》も、せいたかさんみたいになれたらよかったね」

「うるさいな」

ぼくの身長は、そこそこ伸《の》びたが、せいたかさんのあだ名を名乗れるほどには、伸びなかった。

でも、ヒメより高くなるという目標は叶《かな》ったので、充分《じゅうぶん》だ。

そのヒメは、関西の大学に進学して、小学校の教師の資格《しかく》を取った。マサ先生のような先生になって、子供たちに本を読む楽しさを教えたい、と言っていた。もちろん、真っ先にすすめたいのは、コロボックル物語だ。

だが、教師の採用《さいよう》試験は難関《なんかん》で、ヒメは先生になれなかった。次に、ヒメが目指したのは本屋さんだ。児童書の担当《たんとう》になって、一人でも多くの子供たちに、コロボックル物語を知ってほしい、と。それも、ヒメらしい進路だ。

本には、絶版《ぜっぱん》というものがあるのだそうだ。出版《しゅっぱん》されてから、時間がたつと、どんな本も新刊《しんかん》のころより売れなくなる。そして、利益《りえき》が出せなくなった本は、刷られなくなってしまうのだ。これを、絶版という。

コロボックル物語は、絶版して昔の本になってしまってはいけない。新しい時代の子供たちに、常《つね》に届《とど》き続けるべき本だ。目に見えない、小さいものを愛する優しさを、楽しく教えてくれる。小さいものを愛することを知った子供たちは、きっと優しい大人になる。

コロボックル物語を読んでいても、トシオさんのように、ひがんでひねくれてしまう人もいるかもしれない。しかし、子供の頃に本を読んで植えつけられた優しさの種は、いつか芽吹《めぶ》いて、その人の人生を助けてくれることだろう。

先生になる運はなかったヒメだが、本屋さんの運はあり、希望していた児童書の担当になれた。お店で、仕事仲間に「原田さんの書くポップは暑苦しいねえ」と笑われながら、コロボックルのポップをたくさん書いているらしい。ちなみに、ポップというのは、商品に添《そ》える、小さい紙の看板《かんばん》だ。本屋では、表紙を見せて並《なら》んでいる本に、添えられている。

ヒメのポップは、たくさんのコロボックルを、子供たちの元へ旅立たせたらしい。

はち屋の仕事は、あまり手伝えなくなってしまったが、長い休みには、必ず実家のはち渡りに合流した。特に、夏の北海道には、必ず行った。

生意気なハリーは、すっかり大人になっていた。ぼくが、進路を悩んでいた学生の頃、相談に乗ってくれるくらい、頼もしくなった。

ハリーも、ぼくが就職することをすすめてくれた一人だった。

「オレハ、デンキノヨサハ　ヨクワカラナイガ、コレカラサキノ　コロボックルニハ　ヒツヨウニ　ナルカモシレナイ。ソノトキニ、ヒコガ　オシエテクレタラ、タスカル」

そう言って、電気工事の会社に就職することを考えていたぼくの背中を、押してくれた。

北海道に行くと、必ずミノルさんにも会いに行く。その年のはちみつをおすそ分けに行くのは、ぼくとヒメの役目になっていた。

ミノルさんの近くには、いつもシュッと跳ねる小さな影《かげ》があった。

影に気づいても、ぼくもヒメも、何も言わなかった。大人になるまで、誰にも言わない。それは、大人になって、コロボックルがたずねてきてくれるまで——ということだ。

ハリーは、まだ、ヒメのところをたずねてくれてはいなかった。

でも、ぼくたちは、コロボックルの話をたくさんした。すっかりおじさんになったミノルさんは、昔と変わらずおっとりと優しく、ぼくたちがいない間のできごとを、たくさん話してくれた。話の内訳《うちわけ》は、コロボックルのことが五割《わり》、じいじさんとフミさんのことが三割、残りの二割が、トシオさんという感じだ。

じいじさんは、バーコードが少し減《へ》った。フミさんも、頭が昔より白くなった。ふたりとも、まだ元気だけど、自分がいなくなった後のことを、よく話すようになった。

じいじさんは、トシオさんに自分の後を継いでもらうことを考えているらしい。ミノルさんのお屋敷《やしき》を預《あず》かって、土地を管理する仕事だ。

トシオさんは、テレビのディレクターはやめて、不動産屋さんの営業《えいぎょう》の仕事をしていた。土地の管理の勉強になるから、と、じいじさんがすすめたらしい。お調子者のトシオさんは、営業の仕事に意外と向いているそうだ。テレビの仕事をしていたことは、とっておきの自慢《じまん》話になっているると聞いた。

テレビの世界で、見栄《みえ》を張《は》る必要がなくなったので、生活も落ち着いて、お車代を借りにくることもなくなったという。ただし、昔のお車代は、貸しっぱなしの分がだいぶあるらしいけど。

昔、コロボックルの番組を作ったお笑いさんのコンビは、まだテレビに出ている。トシオさんは、ふたりがテレビに出ていると、懐《なつ》かしそうに見ているそうだ。お笑いさんのことは、自慢話にしていないというから、大事な思い出なのだろう。

「トシオちゃんは、おねえさんといっしょにくるよ」

ミノルさんが、そう教えてくれた。おねえさん、とは言っても、ミノルさんより年上なので、世間的にはおねえさんの枠《わく》から出ているはずだが、ミノルさんにとっては、おねえさんらしい。

トシオさんが付き合っている女性《じょせい》だ。

「一度、離婚《りこん》されている方ですが、坊ちゃんのことをご存《ぞん》じのうえでお付き合いをなさっているので、いい方ですよ」

じいじさんとフミさんは、ふたりがうまくいくことを、ひっそりと願っているという。

「おふたりは、まだですか」

じいじさんがたずねたのは、ぼくとヒメのことだ。

ぼくも、それは、そろそろかなと思っていたところだった。

お互いの気持ちは確かめていたが、もうずっと昔から家族みたいだったので、かえって結婚《けっこん》の話は出ないままだった。

「そろそろ、はち屋を継ごうと思うよ」

ぼくは、ヒメにそう言った。電気の仕事を一人前に覚えて、何年かたった頃だった。

「じゃあ、わたしも、仕事をやめなくちゃ」

ヒメは、当たり前のようにそう言った。

「将来、うちのみつばちは、ヒコくんが引き取ることになるわね」

はち屋の跡取《あとと》り同士が結婚すると、みつばちや蜂場の受《う》け継《つ》ぎの問題が発生する。はち屋仲間にも、報告《ほうこく》しないといけない。

「将来は、会社にしたほうがいいかもな」

ぼくの家と、ヒメの家のみつばちを合わせると、個人としては規模《きぼ》が大きくなりすぎる。会社にして、従業員《じゅうぎょう》を雇《やと》わないと、みつばちの世話をしきれない。

今まで、「もしも」のこととして、何となく考えていたことが、初めて具体的な問題になった。

やっと、ヒメと生きていくのだという実感がわいた。

お互いの両親に挨拶《あいさつ》してから、ぼくたちは北海道に行った。ミノルさんにも報告したかったし、ぼくには、絶対に報告しないといけない相手が、もう一人いた。

秋の北海道に行くのは、それが初めてだった。


ぼくたちは、お互いの夏の家に泊《と》まった。

まだ、結婚前だからというたてまえだったが、本当は、ハリーとふたりで話すためだった。

北海道について、すぐミノルさんの家に報告に行き、これからも蜂場を借りることについて、よろしくお願いしますと挨拶をした。

ミノルさんは、蜂場のことについてはあまり分かっていないようだったが、ぼくたちの結婚のことは、手を叩いて喜んでくれた。

「おさんぽ、いこう！」

ミノルさんは、そう言った。ぼくたちは、昔と変わらず、植物図鑑《ずかん》を持って家を出た。ネームプレートとマジックは、もう必要なかった。ミノル植物園は、あらゆる植物に、ネームプレートがついていた。字が薄《うす》れるごとに、じいじさんとフミさんが、書き直してくれていた。

ミノルさんが目指したのは、裏庭《うらにわ》のネムノキだった。初めて会ったとき、根元で、ミノルさんが眠《ねむ》っていた。

そして、そこには、ぼくたちが初めて見る光景が広がっていた。

垣根《かきね》のハマナスに、赤い実が鈴《すず》なりになっていた。

ヒメが、わぁっと歓声を上げた。

ぼくたちは、夏の終わりに北海道を去ってしまうので、垣根のハマナスは実が色づきはじめたところしか見たことがなかった。

「ぜんぶ、ヒメにあげる。ジャムを、つくるんでしょ」

ヒメが、目を見開いた。

小学校三年生の頃だ。まだ九歳《さい》の頃のことだ。ヒメは、ハマナスのジャムを作りたがっていた。ミノルさんの前でも、何度かそんな話が出たことがある。

「ミノルさん、ずっと覚えててくれたの？」

ミノルさんは、「うん！」と大きくうなずいた。

「ヒメ、いつも、ハマナスがあかくなるまえにかえっちゃうから、ざんねんだったんだ。でも、やっととれるね！」

きっと、毎年、ハマナスが実ると、ヒメにとらせてあげたいと思ってくれていたのだろう。ミノルさんの時間は、ゆっくり流れている。とても優しく、丁寧《ていねい》に流れている。

「おめでとう！」

こんなにすてきな、結婚のプレゼントは、ほかにない。

ぼくたちは、真っ赤にうれたハマナスの実をたくさんつんだ。手をきちんと洗《あら》って、きれいに洗ったハマナスを、ヒメはフミさんに教わりながら、ジャムにした。

お店で売っているみたいな、きれいな朱色《しゅいろ》のジャムができた。

フミさんは、あら熱を取ったジャムを、びんに入れて持たせてくれた。

ジャムは、次の日の朝ごはんで、さっそく食べることになった。

「明日、朝ごはんを作ったら、電話するね」

「分かった」

そう約束して、ぼくたちは、それぞれの家へ帰った。


その日の晩、ハリーがやってきた。

「やあ、久《ひさ》しぶり」

「ヒサシブリ」

ハリーは、勉強机《づくえ》の上の、ぼくの筆箱に腰《こし》を下ろした。もう使わなくなった筆箱だが、ハリーのソファとして、ずっと置いてある。

「メズラシイジキニ　ヤッテキタナ」

「うん。ハリーに、報告したいことがあって、来たんだ」

「キコウジャナイカ」

ハリーは、さあ言え、と言わんばかりに、頭をそらした。

「ヒメと、いっしょになることにしたよ」

「ワカッテタ」

まあ、今さら驚くことでもない。

「オレモ、ハナスコトガアル」

「何だい？」

「トキガキタ」

時が来た、と頭の中で変換《へんかん》するのに、少し時間がかかった。

「コロボックルノコトヲ　トクベツニ　オシエテイイトキモ　アル。ムカシ、ソウイッタノヲ、オボエテルカ」

ハリーと積み重ねてきた、長い長い時間の中から、その記憶《きおく》は浮《う》かび上《あ》がってきた。

ヒメにコロボックルのことを教えてやりたいと、せがんだときだ。

どうしてもだめなのか、ときいたぼくに、ハリーは言った。

トクベツニ　オシエテイイトキモ、アル。

そして、続けて、こう言った。

トキガキタラ、オシエテヤル。

「コロボックルト　トモダチニナッタ　ニンゲンノコドモハ、ケッコンシテ　ツレアイガデキタトキニ、ソノツレアイニ　コロボックルノコトヲ　オシエテモイイ。タダシ、コロボックルガミトメタアイテト　ツレアイニ　ナルトキニ　カギラレルケドナ」

「コロボックルが、結婚相手を認《みと》めなかったら、どうなるんだい？」

「ニドト　トモダチノマエニ　アラワレナイ」

でも、コロボックルをいっしょに大切にしてくれる人と結婚したら、その連れ合いも友だちになることができるのだ。

「じゃあ、ヒメの前に、現れてくれるんだね」

ハリーは、おごそかにうなずいた。

「オレハ、モットハヤク、ヒメノマエニ、アラワレタカッタンダゾ」

暗に、まとまるのが遅《おそ》いと責《せ》められて、ぼくは苦笑した。

「お待たせしました」

「アシタ、ミノルノイエノ　チカクノ　ホウジョウニ、ヒメトイッショニ　コイ。マッテル」

「分かった。朝ごはんを食べたら、行くよ」

そして、ハリーは、あっさりと帰っていった。


次の日の朝、ヒメの家に行って、ハマナスのジャムで朝ごはんを食べた。

ジャムはとてもおいしくて、ぼくもヒメも、トーストを二枚《まい》も食べてしまった。ヒメはおかずも作ってくれていたので、明らかに食べすぎだ。

食べ終わった食器を二人で片づけながら、ぼくは言った。

「今から、ドライブに行こう。ミノルさんの家の近くの、ヒメの蜂場まで」

「夏以外に行くのは、初めてだね」

お弁当《べんとう》に、サンドイッチを作って持っていくことになった。ハマナスのジャムと、キュウリとハムのサンドイッチを、ヒメは手早く作った。

「たまごは、ないの？」

「ゆでたまごから作らないといけないから、面倒《めんどう》なんだもの。スクランブルエッグでよかったら、作れるけど」

「いい、いい。サンドイッチにたまごがないなんて、がっかりだよ」

そして、ぼくの望みどおり、たまごのサンドイッチが追加された。

ぼくたちは車に乗《の》り込《こ》み、途中《とちゅう》のコンビニで飲み物を買って、蜂場に向かった。砂利《じゃり》で舗装《ほそう》した山道の先に、いつも巣箱を置いている原っぱがある。巣箱を置いていない原っぱは、何だか、がらんとしていた。ぼくたちは、原っぱの手前に車をとめて、おりた。

リンドウや、オミナエシなど、ぼくたちがここでは見たことのない、秋の花が咲《さ》いていた。

原っぱを眺めていると、肩先《かたさき》に、ふと小さな気配がわいた。

「フタリトモ、メヲ　ツブレ」

ハリーだ。いよいよ、現れるのか。

「ヒメ。ちょっとだけ、目をつぶってくれる?」

「分かった」

ぼくたちは、ふたりそろって、目を閉《と》じた。

やがて、ハリーが、「モウイイゾ」と言った。

「もういいよ」

ヒメにそう言いながら、ぼくも目を開けた。——そして、息をのんだ。

原っぱのあちこちに、コロボックルが、たくさん、たくさん、たくさん、いた。

枯《か》れかけたふきの葉の下、葉の上、下草の上、石の上、枯《か》れ枝《えだ》の上——

「ちょっと、待ってくれよ」

ぼくは、思わず呟いた。

宝物《たからもの》を、こんなにたくさん、いっぺんに見たら、目がびっくりしてしまう。

ヒメも、さぞやびっくりしているだろうと、となりを見ると、ヒメは落ち着きはらって、この光景を見ていた。

「ヒコくん。わたしの、大事な友だちを紹介するね」

ひょいと、ヒメの肩先に、コロボックルが現れた。髪《かみ》の長い、女のコロボックルだった。青いリボンで、髪をひとつに束ねている。

「シナノキノヒメ＝サヤコ。わたしは、サーヤって呼んでるの」

「ハジメマシテ、ヒコサン」

ぺこりと頭を下げたサーヤのとなりに、ヒュッとハリーが現れた。

「オレノ、オクサンダ」

ぼくの口は、ぽかんと開いた。

ヒメとサーヤ、そしてハリーは、いたずらっぽく、くすくす笑っている。

ぼくも、苦笑した。

「……とりあえず、じっくり話を聞かせてもらおうかな」

大勢《おおぜい》のコロボックルたちは、またたくまに、あちこちへと姿《すがた》を消した。

そして、その場には、ぼくとヒメと、ハリーとサーヤが残された。

ぼくたちは、枯れた草の上に、レジャーシートを敷《し》いて、座《すわ》った。

「ヒコくん、わたしにドッジボールのボールを当てたときのことを、覚えてる？」

「覚えてるよ」

好きな女の子に、鼻血を出させたのだ。忘《わす》れられるわけがない。胸がつぶれるような気持ちは、きのうのことのように思い出せる。

「あの日の帰り、ヒコくん、ずーっと黙って、わたしの後をついてきてたでしょう」

謝《あやま》りたかったけど、自分からは声をかけられなくて、分かれ道まで、ずっとうなだれて歩いていた。振り向け、振り向けとテレパシーを送りながら。

そのとき、ヒメが、キャッと悲鳴を上げて、後ろを振り向いた。

今、髪《かみ》の毛《け》、引っ張った？　と、ぼくは身に覚えのない疑《うたが》いをかけられた。

「あのとき、わたしの髪を引っ張って、振り向かせてくれたのが、サーヤだったんだって」

髪の毛は、ランドセルに引っかかったのじゃなかったのだ。

サーヤは、ヒメと友だちになれるかどうか、ずっとヒメを見守っていたところだったらしい。そして、もちろん、ぼくのこともよく知っていた。ハリーという、ハリエンジュ一族のわんぱくが、ぼくを見守っていたからだ。

「サッサト、コエヲ　カケタライイノニト、モドカシクナッテシマイマシタ」

サーヤがてへっと笑う様子は、ヒメによく似《に》ていた。

「アノトキ、サヤコハ　ダイブ、オコラレタンダ。セワヤクノ　ユルシガ　ナイノニ、カッテニヒメト　セッショクシタカラ」

ハリーが、横からそう説明した。

ヒメは、子供のころからコロボックル物語を読んでいたし、コロボックルが大好きだったから、少しのヒントでも、自分に見守りがついていると気づいてしまうかもしれない。

でも、そのときはヒメはコロボックルに気づかず、サーヤはおとがめなしになった。

サーヤが、ヒメの前に現れたのは、ぼくとハリーが出会った次の年だったという。

ぼくは、ヒメに秘密《ひみつ》を隠していいるつもりでいたけど、ヒメもほとんど同じ頃から、ぼくに秘密を隠していたのだ。

勝手に、笑いがこみ上げて、止まらなくなった。

「どうしたの？」

きいてきたヒメに、ぼくは答えた。

「自分の空回《からまわ》りっぷりが、おかしくって。ぼくは、ハリーに何度も、ヒメと友だちになってくれって頼んでたんだ」

そのせいで、けんかになったこともある。

「でも、ヒメにもちゃんと、友だちが待ってたんだな。ハリーと、むだなけんかをしたよ」

「ムダデモナカッタ。アレデ、サヤコト　ヒメノ　デアイガ、ハヤマッタ。オレガ、ヒメニモ、スガタヲ　ミセテシマッタカラナ」

それも、ハリーが勝手にやったことだったらしい。ハリーも、そのことで、仲間から怒《おこ》られた。でも、ヒメにもサーヤの見守りがついていて、友だちになれるにちがいない子だと分かっているのに、どうして姿を見せたらだめなんだ、とハリーは猛烈《もうれつ》に抗議《こうぎ》したという。

「チョット、ギャクギレ　ダッタヨネ」

くすくす笑うサーヤに、ハリーはいばった。

「オマエダッテ、ハヤク　ヒメニ　アイタガッテタダロ」

「お絵かきしたときは、もうサーヤに会ってたのかい？」

ぼくがそうきいたのは、ヒメがコロボックルの絵をかいたとき、青いリボンをつけさせていたことを思い出したからだ。

「ううん。初めて会ったのは、コロボックルに手紙を書いた後。リボンは、私の絵を見て、青をつけるようになってくれたんだって」

二十年近い秘密は、お互《たが》いに突き合わせて長く楽しめそうだ。ぼくも、ヒメにききたいことがたくさんあるし、ヒメも、ぼくにききたいことがたくさんあるだろう。

「それにしても、ヒメは、秘密を守るのが、うまかったなぁ」

「ヒコくんだって。でも、私たちよりも、秘密を守るのがうまかった人たちがいるんだよ」

ぼくは、目をぱちくりさせた。

「……どういうこと？」

「ヒコくんは、まだ、聞いてないんだね」

ヒメの言葉で、ぼくの頭の中に、鋭く電流が走った。

「まさか」

ヒメは、こくりとうなずいた。

そうか――そうだったのか。

「ぼくたちの両親も、コロボックルの友だちだったのか……」

「うちは、おじいちゃんもね」

コロボックルを大切に守るための輪は、一体どれほど前から、どれほど綿密《めんみつ》に編《あ》み上《あ》げられていたのか。

ヒメのおじいちゃんは、ぼくが高専生、ヒメが大学生の頃に亡《な》くなった。おじいちゃんは秘密を守ったまま、ぼくたちに一言も漏《も》らさず、亡くなったことになる。

「うちのお父さんも、子供のころはわたしたちみたいに、はち渡りの旅についていって、北海道では、わたしたちと同じ小学校に通っていたんだって」

それは、うちのお父さんも同じだ。蜂場は、代々受け継がれるから、はち屋の子供の育ち方も、代々似たようなものだ。

本が大好きだったヒメのお父さんは、小学校の図書室で借りた本を、いつも家で読んでいた。

そして、ある年の夏、『だれも知らない小さな国』に出会ったのだ。

ヒメのお父さんは、夢中になって、何度も読んだ。寝《ね》る直前まで読んで、部屋の電気はつきっぱなし、枕元に本を開いたままで、眠ってしまうこともあったという。

そんなある日の真夜中、つきっぱなしだった子供部屋《こどもべや》の電気を消そうとしたおじいちゃんは、本のページが勝手にめくれているのを見かけた。

目をこらしてよく見ると、小さな小人が、ページのはしっこをつかんで、えいやっとジャンプして、めくっていたのだという。

ページの上を、じっくり歩き回って、また次のページをめくる。

おじいちゃんは、息をひそめて、その様子を見守った。

小人は、毎日、『だれも知らない小さな国』を読みにやってきた。そして、おじいちゃんは、こんなふしぎな生き物が、夢中で読んでいる本に、興味が出てきて、自分でも読んでみたのだという。

そして、おじいちゃんは事情を飲《の》み込《こ》んだ。うちの子供のところに、毎晩《まいばん》この本を読みにくるのは、コロボックルにちがいない。

おじいちゃんは、コロボックルが帰ってから、開いているページを確かめて、次の日にはそのページを開けておいてやるようにした。本が閉じてしまっていたら、コロボックルはあきらめて帰ってしまうこともあったからだ。

コロボックルも、やがて、おじいちゃんの親切に気づいた。そして、最初は、おじいちゃんとコロボックルが友だちになったという。

「そうか……」

ぼくは、子供のころ、ハリーに『だれも知らない小さな国』にまつわる事情を聞いていた。

ハリーの国は、あるはち屋の蜂場の近くにある。

数十年前に、そのはち屋に子供が生まれ、『だれも知らない小さな国』を読んでいた。それを、コロボックルもいっしょに読んだ。

蜂場は、まさにここ、ヒメの家の蜂場で、コロボックルが『だれも知らない小さな国』を知るきっかけになった子供は、ヒメのお父さんだったのだ。

おじいちゃんとコロボックルは、ヒメのお父さんにも、コロボックルの友だちになるための種をまくことにした。せいたかさんのように、一度だけ姿を見せて、大人になるまで、待ったのだ。

『だれも知らない小さな国』が大好きだったヒメのお父さんは、どうしたらいいのかすぐ察して、秘密を守り続けた。おじいちゃんにも、おばあちゃんにも言わなかった。

もし、両親にコロボックルのことをしゃべってきたら、おじいちゃんは息子《むすこ》をコロボックルの友だちにはさせないつもりだったというから、厳《きび》しい。

そして、ヒメのお父さんは、大人になるまで、コロボックルの秘密を守《まも》り抜《ぬ》き、見事、友だちになった。その頃には、おばあちゃんもコロボックルのことを知っていたので、原田家は、家族ぐるみで、コロボックルと友だち付き合いをするようになった。

おじいちゃんが、原田さんに、電気の資格を取ることや、就職を勧《すす》めたのも、コロボックルを助けるための技術や経験を、身につけるためだったのだ。

おじいちゃんは、ぼくが電気の資格のことを、どうしてなのかときいたとき、「まあ、つぶしがきくから」と答えていた。

まったく、たいした役者だ。

そして、原田さんは、コロボックルのことを共有できるお嫁《よめ》さんを見つけ、ヒメが生まれ――後は、もう説明するまでもない。

さて、今度は、ぼくのお父さんだ。

原田さんと子供のころから友だちで、その流れでコロボックルとも友だちになったのかな、と思ったが、ちがった。お父さんは原田さんより学年がひとつ下なので、子供のころは、はち屋の寄《よ》り合《あ》いで顔を合わせるくらいで、よく知らなかったという。

「ヒコノオトウサンハ、コロボックルノイノチヲ　タスケタンダ」

ハリーが教えてくれた、お父さんの物語は、まったくドラマチックだった。

お父さんが、小学校中学年のときのことだ。

お父さんは、蜂場で、ぼろぼろにすり切れた小人の人形を見つけた。ひどく汚《よご》れていたけど、あまりにも精巧《せいこう》にできていたので、拾い上げると、その人形が、うめき声を上げて、動いたのだ。モズにやられて、命からがら逃《に》げ延《の》びたものの、大けがをして、動けなくなったコロボックルだった。空高くから、石のように鋭く落ちてきて襲《おそ》うモズは、コロボックルの天敵《てんてき》だ。

お父さんは、原田さんとちがって、本をあまり読まない子供だったので、コロボックルのことは知らなかった。

だが、死にかけているふしぎな生き物を、そのまま見捨《みす》てることはできず、家につれて帰って、看病《かんびょう》をした。

両親に言わなかったのは、動物を飼《か》えないと言われていたかららしい。引《ひ》っ越《こ》し続きのはち屋の家では、ペットを飼うことは、とても難しい。お父さんは小さい頃から、両親によくよく言い聞かされていた。

ペットでもだめなのに、こんなふしぎな生き物、もっとだめだと言われると思ったのだ。

けがが治ったコロボックルが帰っていくとき、お父さんは、また会えるかときいた。すると、コロボックルは、大人になるまで誰にもしゃべらなかったら会える、と答えた。

大人になるまで、会えないのは、さびしいな。

そう漏らしたお父さんに、コロボックルは『だれも知らない小さな国』のことを教えた。

それに、コロボックルのことが書いてあるから、さびしくなったら読むといい、と。

お父さんは、コロボックル物語を何度も読み返した。コロボックルのことは、誰にもしゃべらなかった。

そしてお父さんは、高校を卒業して、はち屋を継いだ。はち屋を継いだ最初の夏に、北海道でコロボックルはお父さんのところに戻《もど》ってきた。

「ソレガ、オレノオヤジノ、ハリエンジュノヒコ＝ハヤオ　ダ」

もう、輪がどれだけ入り組んでつながっていても、驚かないぞと思っていたが、これにはまだ驚かされた。

ぼくとハリーは、親子二代の付き合いだったのだ。

お父さんは、大人になる前にハヤオが戻ってきたので、びっくりしたらしいが、コロボックルにしてみたら、人間の成人の制度《せいど》には意味がない。家業を継いだ時点でもう大人だということで、お父さんは友だちの資格を手に入れたのだった。

ハヤオは、ぼくのお父さんにくっついて、はち渡りで日本中を旅した。ハリーの国では初めての試みだったが、お父さんとハヤオのきずなは、それだけ深かったのだという。

結婚して、ハリーが生まれてからは、しばらく国に戻ったらしいが、ぼくが生まれてからは、また旅の生活を再開《さいかい》した。

「オレノイッカハ、クニデ　ハジメテノ、タンシンフニンノ　カテイダッタンダ」

ハリーは、ちょっと自慢げに、そう言った。

「……ぼくはたぶん、ハリーのお父さんに助けられたことがあるよ」

ぼくは、小学校三年生のときのことを思い出した。ハリーと、ヒメと出会った年だ。東北の蜂場で、ぼくはマムシに出くわして、危《あや》うく踏んづけてしまうところだった。

そのとき、ぼくが踏みとどまれたのは、止める声がしたからだ。

トマレ！

鋭い声に、ぼくは思わず足を止めた。そして、ほどなくお父さんがやってきて、蜜《みつ》刀でマムシの頭を叩《たた》き落《お》とした。

きっと、ハヤオお父さんが、ぼくを止めて、お父さんを呼びに行ってくれたのだ。

駆《か》けつけたお母さんが、ぼくの話を聞いて、ヒコはみんなに守られていると言った。

ぼくは、子供のころから、コロボックルに守られていたのだ。――ミノルさんのように。

ヒメも、きっと原田家のコロボックルに、いろんな形で、守られていたことだろう。

コロボックルを守る輪は、コロボックルを愛する子供たちを、大切に育む輪でもあったのだ。

この輪を、ぼくたちは、未来へつなげていかなくてはならない。

ぼくたちにも、いつか子供が生まれるだろう。そうしたら、ぼくたちが受け取ったこの輪で、子供たちをすっぽり包んであげなくてはならない。それは、よその子供でも、同じだ。

ぼくたちは、大人から受けた愛情《あいじょう》を、子供たちへと返して、この優しい輪を、いついつまでも、伝えていかなくてはならないのだ。

そのリレーの、ぼくの相棒《あいぼう》は、ヒメだ。

ぼくは、ヒメの手をそっと握《にぎ》った。――ヒメでよかった。

ヒメも、ぼくの手を、そっと握り返してきた。

つないだ手で、心が満たされて、言葉は何もいらなかった。

ぼくたちは、コロボックルを愛するためのような名前をつけられた者同士で、いついつまでも、コロボックルを愛していくのだ。

ヒメと手をつないだまま、コロボックルをめぐる輪に思いをめぐらせていると、ハリーが声をかけてきた。

「ドウシタ？　オドロイテ、クチガ　キケナクナッタノカ？」

「そうだね。いろいろ、驚いたよ。でも……」

ぼくは、にやりと笑った。

「一番、驚いたのは、結婚でハリーに先を越《こ》されていたことかな」

「オマエガ、モタモタシテルカラダ」

ハリーは、そう言って、フフンと頭をそっくりかえらせた。

「父さんが、こんなにうそがうまかったのも、びっくりだ」

日ごろは無口だし、口もうまくない。うそというのは、口がうまい人が上手なものだと思っていたけど、もしかしたら、ここ一番の大事なうそ——じいじさんの言う「良いうそ」をつくのは、うそなんかつきそうもない、口べたな人のほうが、うまいのかもしれない。

「テレビ番組に狙《ねら》われたときも、どうやって切《き》り抜《ぬ》けるか、父さんと相談してたんだね」

「アア。ミノルニ、ナントイッテモラウカ、ミンナデ　イッショニ　カンガエタ。ヒコノオヤト、ヒメノオヤト……」

「後は、じいじさんとフミさんかな」

「アア、ソウダ。ヨクワカッタナ」

「ここまで、種明かしをされたら、分かるよ」

ミノルさんが、子供の頃から見ていた小さい友だちを、じいじさんとフミさんが知らなかったとは思えない。

「ミノルノイエ　トハ、オレタチノクニガ　デキタトキカラノ　ツキアイナンダ」

「コロボックルが、北海道を出ていったときかい？」

ハリーたちは、移住《いじゅう》の旅についていけなかったコロボックルの子孫だと言っていた。

「タビニ　ツイテイケナカッタ　センゾガ、コマッテイタトキニ、ジブンノヤマニ　カクマッテ、セワシテクレタ　ニンゲンノ　チョウジャガ　イタンダ。ソレガ、ミノルノセンゾダ」

長者はこの山を売ってはいけないと遺言《ゆいごん》をのこし、それは代々の当主に守られているという。

「だから、君たちは、ミノルさんのことを守っていたんだね」

「ユイゴンヲ　マモッテクレテイル　オレイダ」

大昔からの優しさと思いやりの連なりが、途中ですたれることもなく、今のミノルさんにまでつながっているのだ。それは一体、何と心温まる奇跡《きせき》だろう。

「ヒコトヒメガ、ハチヤヲツイダラ、オレモ、オヤジト　コウタイダ」

「どういうことだい？」

「ヒコタチノ　タビニハ、オレト　サヤコガ、ツイテイク。ソシテ、ナカマヲ　サガスンダ」

ハリーたちの願いは、『だれも知らない小さな国』に書かれている、コロボックル小国《しょうこく》を探すことなのだという。

「コロボックルハ、ニホンノ　イロンナトチニ、クニヲヒライテ、クラシテイルカモシレナイ。ホカノクニノ　コロボックルヲ　ミツケテ、コウリュウデキタラ、コロボックルノ　ミライハ、モット　ヒロガッテイクハズダ」

ハヤオお父さんも、ぼくのお父さんと旅をしながら、できる範囲《はんい》で仲間を探していたそうだが、もっと本格的《ほんかく》に探したいということだった。

そして、ハリーとサーヤの夫婦が、その旅を任《まか》されることになったのだ。

はち屋は、日本中を旅して回っているから、コロボックルを探すには、もってこいだ。上手にやらないといけないけど、はち屋のネットワークで、情報収集《しゅうしゅう》もできる。

「タンシンフニンハ、ヤッパリ　タイヘンダッタカラナ。ソレナラ、カゾクゴト　ツイテイッタホウガイイ。ナニカアッタトキ、コロボックルドウシデ　ソウダンモデキルシ」

「それは、楽しみだな」

ヒメといっしょになって、コロボックルの秘密をようやく共有できて、それだけでもうれしいのに、これからは、ハリーといっしょに旅ができるなんて。

「でも、今日は、サンドイッチを食べて、いったん帰るよ」

早く家に帰って、福岡の両親に、電話をかけたかった。

お父さんに、いろんな話を聞きたかった。

テレビに狙われて、絶体絶命《ぜったいぜつめい》だったコロボックルを、あんなにあざやかに救ったお父さんだ。

きっと、ぼくたちがこれからコロボックルを守っていくための知恵《ちえ》を、たくさん教えてくれるにちがいない。

ぼくの両親に、ヒメの両親に、ヒメのおじいちゃんに、じいじさんに、フミさんに、マサ先生に、

――『だれも知らない小さな国』を書いた、佐藤《さとう》さとるさんに。

今まで、ぼくたちを愛してくれた、すべての大人たちに、心からありがとうを言いたかった。


ぼくたちに、コロボックルを、ありがとう。

ぼくたちが、コロボックルを好きなままで、大人になれるように育ててくれて、本当にどうもありがとう。

有川浩さんへの手紙

この度はすばらしい「コロボックル物語」をありがとうございました。

とにかく、一気読みしました（眼が悪いのに！）。終りまで、読み通さないと気がすまない、という感じでした。こんな風にこんな話が出来上がるのではないかと、考えてはいたものの、こんな形に見事に仕上げてくれる――みせる――のはさすがです。さすがは当代一流のストーリーテラーだけのことはあります。少々あきれる思いで、楽しく、面白く読み終えて、ため息をついたことです。こんなのを自分でも書けばよかった！　――でも、私にはとても無理でしょう。これはやはり有川さんの世界です。

こういう形で物語を継承してくれる、という例は、あまり知りません。小生としては大変名誉なことと考えています。すごい人を見つけてよかったな、というのは、コロボックルたちの言葉です。佐藤さとるが替りに言っておきます。もっとも有川さんのところへも、すでにあの人たちがやってきて同じことを言ったかもしれませんが。

とりあえず、お礼のみ、です。乱筆ごめんなさい。

平成二十七年七月二十九日

佐藤さとる

有川 浩 ありかわ・ひろ

高知県生まれ。2004年10月、第10回電撃小説大賞〈大賞〉を『塩の街』で受賞しデビュー。同作と『空の中』『海の底』を含めた「自衛隊三部作」、アニメ化・映画化された「図書館戦争」シリーズをはじめ、『阪急電車』『植物図鑑』『三匹のおっさん』『ヒア・カムズ・ザ・サン』『空飛ぶ広報室』『県庁おもてなし課』『明日の子供たち』など、著作多数。最新刊は原案・原作を手がけた演劇集団キャラメルボックスの2012年クリスマスツアー〈キャロリング〉の原作『キャロリング』。また自ら結成した演劇ユニット〈スカイロケット〉の舞台化を自ら手がけるなど、活躍の幅を拡げている。

村上 勉 むらかみ・つとむ

1943年、兵庫県生まれ。1965年、『だれも知らない小さな国』(佐藤さとる作・講談社)の挿絵でデビュー。以来、挿絵、絵本、装幀など、出版美術界と深く関わってきた。主な作品に『おばあさんのひこうき』(小学館絵画賞受賞)、『おおきなきがほしい』、『きつね三吉』、『絵本 旅猫リポート』、「コロボックル」シリーズほか多数。

だれもが知《し》ってる小《ちい》さな国《くに》

二〇一五年一〇月二七日 第一刷発行

著者……有川《ありかわ》浩《ひろ》
画家……村上《むらかみ》勉《つとむ》
発行者……鈴木 哲
発行所……株式会社講談社
〒一一二-八〇〇一 東京都文京区音羽二-一二-二一
出版 〇三-五三九五-三五〇五
販売 〇三-五三九五-五八一七
業務 〇三-五三九五-三六一五
装幀……大岡喜直（next door design）
印刷所……豊国印刷株式会社
製本所……黒柳製本株式会社

定価はカバーに表示してあります。
落丁本・乱丁本は、購入書店名を明記のうえ、小社業務あてにお送りください。送料は小社負担にてお取替えいたします。
なお、この本についてのお問い合わせは、文芸第二出版部までお願いいたします。

N.D.C.913 287p 20cm

Printed in Japan ISBN978-4-06-219797-7